獻給我的兒子，荷比。
——加雷思・P・瓊斯

獻給我最愛的姐妹，黛比。
——露易絲・佛修

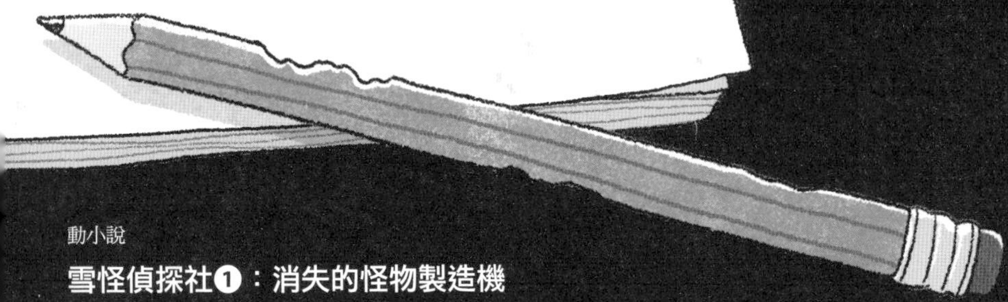

動小說

雪怪偵探社❶：消失的怪物製造機

文：加雷思・P・瓊斯｜圖：露易絲・佛修｜譯：聞翊均

總編輯：鄭如瑤｜主編：陳玉娥｜編輯：張雅惠｜特約編輯：劉蕙
美術編輯：黃淑雅｜行銷副理：塗幸儀｜行銷企畫：許博雅

出版：小熊出版／遠足文化事業股份有限公司
發行：遠足文化事業股份有限公司（讀書共和國出版集團）
地址：231新北市新店區民權路108-3號6樓｜電話：02-22181417｜傳真：02-86672166
劃撥帳號：19504465｜戶名：遠足文化事業股份有限公司
Facebook：小熊出版｜E-mail：littlebear@bookrep.com.tw

讀書共和國出版集團網路書店：www.bookrep.com.tw
客服專線：0800-221029｜客服信箱：service@bookrep.com.tw
團體訂購請洽業務部：02-22181417 分機1124

法律顧問：華洋法律事務所／蘇文生律師｜印製：天浚有限公司
初版一刷：2023年12月｜定價：350元｜書號：0BIR0083
ISBN：978-626-7361-66-5（紙本書）、978-626-7361-64-1（EPUB）、978-626-7361-65-8（PDF）

國家圖書館出版品預行編目(CIP)資料

雪怪偵探社. 1, 消失的怪物製造機 / 加雷思. P. 瓊斯文 ; 聞翊均譯. -- 初版. -- 新北市 : 小熊出版, 遠足文化事業股份有限公司, 2023.12 ; 224 面 ; 14.8x21 公分. -- (動小說)

譯自 : Solve your own mystery. 1, the monster maker.

ISBN 978-626-7361-66-5（平裝）

873.596　　112020093

小熊出版官方網頁　小熊出版讀者回函

雪怪偵探社 1

消失的怪物製造機

宛如RPG實境遊戲的互動式推理小說

文／加雷思・P・瓊斯
圖／露易絲・佛修
譯／聞翊均

目次

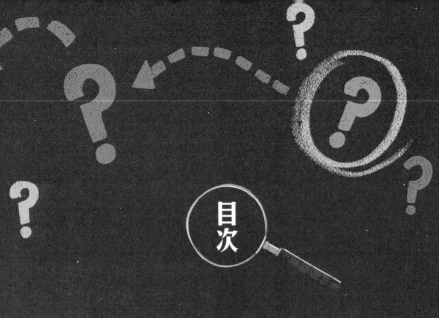

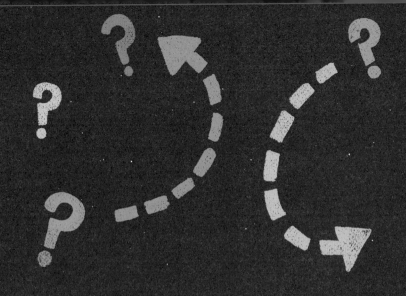

誠徵
私家偵探助理
工作性質：工時長，工資低，工作操
工作地點：避風鎮暗影區
吸血餐廳誠徵
午餐主廚

分類廣告
逝世名人
誠徵代筆人
精靈
洗衣名店
去汙除垢，光鮮潔白
魔法用品店
徵員工
繃不緊木乃伊樂團
尋找新主唱——
試鏡者
最好
把皮繃緊！

艾德文的
雜物
《工作筆記》
1. 幫老闆關電風扇（好冷……）。
2. 收拾上一個案件用完的便條紙和
線索資料。
3. 誰是艾德文？
?

世界最棒
~~精靈~~
助理

怒氣沖沖的委託人

你閉上眼睛，正靠著椅背打瞌睡。突然，一個低沉又沙啞的嗓音驚醒了你。

「喂！我可不是花錢請你來公司打瞌睡的。打起精神！」

你看見一張長滿白毛的熟悉臉龐俯視著你。那張臉有一雙亮晶晶的黑色眼睛和溼潤的粉紅色鼻子。這是克勞斯．索斯塔——他是一名私家偵探，也是你的老闆，同時是一隻毛茸茸的雪怪。

「我才出去五分鐘，回來就看到你在打瞌睡。我知道你昨天晚上沒睡好，但我現在很需要你保持警戒。」

克勞斯打開一臺電風扇，冷風吹得你猛然坐直身子，還把一疊報紙吹得四處亂飛，讓原本就亂糟糟的辦公室更亂了。

「我們有訪客。」他說。

自從你擔任克勞斯的助理之後，對避風鎮的認識更深入了。大致上來說，這是個安靜又平凡的小鎮，只不過鎮上的暗影裡住了所有你能想像得到的神祕生物——甚至包括一些你根本不敢想像的物種。

一道影子出現在結霜的玻璃窗外，你手臂上的汗毛立刻豎了起來。你永遠也猜不到下一個推門而入的，會是什麼。

辦公室的門猛然打開，一名穿著白袍的男人衝進來。他頭上戴著護目鏡，滿頭白髮像爆炸後的草原般狂亂。

「弗蘭肯芬博士，你好。」克勞斯向來者問好。

「你好，索斯塔警官。」男人用陌生的稱呼回應克勞斯。

「叫我索斯塔就好，我已經離開異象警隊了。」克勞斯說。

「抱歉，索斯塔，我太習慣以前的稱呼了。不過，你離開異象警隊是件好事，我正好需要值得信任的私家偵探幫忙。」博士說完後轉過頭上下打量了你，問：「這位是？」

「我的新助理。」克勞斯簡單的介紹。

「前一位助理呢？」

「啊！可憐的精靈艾德文去超市後面調查那座無底水井之後，就再也沒有回來了。」克勞斯說：「我已經警告過他，他是不可能解決所有神祕事件的。」

克勞斯輕笑幾聲，但你不太確定他是不是在開玩笑。他請過多少助理？又有幾位失蹤了？

弗蘭肯芬博士對你說：「和這位雪怪先生一起工作是很危險的，你要小心點。等等，你是……人類嗎？」

你還來不及回答，克勞斯就說：「博士，你自己就是人類啊！需要我提醒你這

一點嗎？」

「是沒錯啦！但是……」

克勞斯打斷他的話，「我向你掛保證，我的助理絕對既謹慎又勤奮。請坐，告訴我，有什麼需要幫忙的地方？」

博士猶豫片刻後才不情願的坐下來說：「我有一個非常珍貴的東西被偷走了。那是我最寶貴的實驗設備，由我的曾曾祖父所發明，這個設備叫做……」他起身，向天花板舉起雙手，高聲喊道：「怪物製造機！」

克勞斯禮貌的輕咳兩聲，博士這才坐回椅子上。

他說：「抱歉，老毛病了。請你務必幫我找回來。自從這個機器問世之後，弗蘭肯芬家族都會用它編織出紫色頭髮，讓我們製造的生物活過來。」

他掏出一疊拍了各式各樣怪物的照片。雖然比較老舊的相片是黑白照，但你可以從其他彩色相片看出來，所有怪物都擁有相同的紫色頭髮。

「請詳細描述經過。」克勞斯說：「你最後一次看到這臺機器是什麼時候？」

「昨天早上。當時我去實驗室確認我的計畫是否一切順利。」

「你最近在製造新的怪物，對嗎？」克勞斯問。

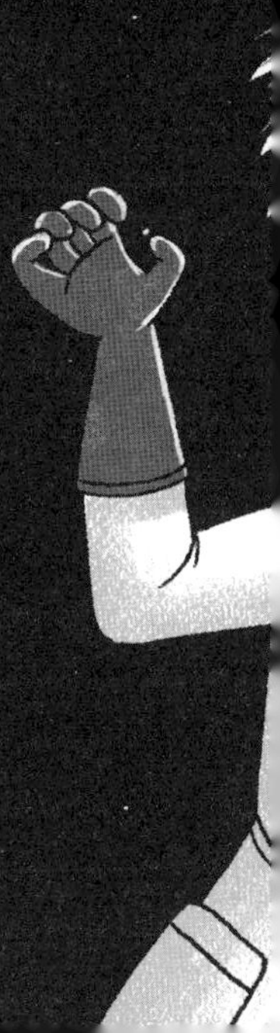

「沒錯！」博士興奮的睜大雙眼，「這隻怪物美極了，是我的傑作！她絕對會勝過我以前製造的所有怪物。」

「你總共也只製造過一隻怪物而已。」克勞斯提醒他，「說到你製造的怪物，你兒子『怪迪』最近還好嗎？」

「他很乖，只是需要母親。這就是為什麼我要再製造一個怪物，她叫做……」博士為了戲劇效果停頓片刻，然後高聲說道：「『惡煞梅塔』！」

克勞斯笑了出來，這讓博士不太高興。

「抱歉。」克勞斯說：「這個……嗯，這個名字很棒。」

「當然很棒，不過她現在只能死氣沉沉的躺在我的實驗桌上，而且沒有頭髮。沒有怪物製造機，我就無法完成這項計畫了！」

克勞斯轉頭看你一眼，確定你已經準備好筆記本，因為他總是得靠你記錄案件的所有細節。

雖然克勞斯是個傑出的偵探，而你早就從這個亂糟糟的辦公室看出來，他的組織能力實在不怎麼樣，這就是他雇用你的主要原因。

「你是什麼時候發現怪物製造機不見了？」克勞斯問博士。

「昨天傍晚。」博士回答：「我兒子邀請一些朋友回家開生日派對。他們離開之後，我就發現怪物製造機不見了。」

「怪物製造機的外形是什麼樣子？」

「這張照片有拍到。」他拿出了一張怪物的照片，怪物背後有一臺看起來像是老式縫紉機的金屬儀器，不過上面多了一些齒輪，頂端正不斷冒出蒸氣。

「這臺機器很重嗎？」克勞斯問。

「顯然輕到小偷能把它搬走！否則我為什麼要委託你呢？」博士惱怒的反嗆。

克勞斯對你眨眨眼。博士可能對這些平凡瑣碎的問題感到不耐煩，但你和克勞斯都很清楚，調查案件時，任何一個小細節都很重要。

「請完整細述當天發生的事。」克勞斯說。

「沒問題。」博士嘆了一口氣，「早上離開實驗室後，我跑去找怪迪。我喊了他幾聲，但還沒找到他，就

聽到有人在敲我們家大門，是我叫的外燴公司『女巫的烤箱』，由『火娜拉．米可鳥』和『布莉姬．米可鳥』這兩位女巫經營。她們做的食物雖然稱不上美味，但便宜實惠。」

「嗯，我知道那兩位女巫。」克勞斯說：「她們過去幾年製造過不少麻煩，常引火上身。」

「我覺得她們和竊案無關。」博士說：「她們燒的應該只有難吃的食物。」

「偵探守則第一條——」克勞斯說：「所有生物都有嫌疑。」

你的老闆給了弗蘭肯芬博士一個別有深意的眼神。你知道他其實是在暗示，就連博士自己也應該列入嫌疑犯的名單中，然而弗蘭肯芬博士輕描淡寫的帶過這個話題，「我只是擔心你找她們談話浪費時間而已。」

「就算她們沒有偷走機器，也可能會提供一些有用的線索。」克勞斯說：「那麼，接下來發生什麼事？」

「我把兩位女巫帶到廚房，這時又聽到有人敲門，這次是我為派對雇用的表演者——喪屍小丑『殭殭』。」

「喪屍小丑聽起來實在太適合歡樂的派對了。」克勞斯挖苦道。

「我以前都是請魔術師『不可思議大帝』來表演，但是怪迪說今年他要滿九歲了，想來點不一樣的。不可思議大帝很棒，能用氣球做出可以在派對四處亂跑的動物，只是我覺得九歲的孩子需要更有深度的娛樂。」

「所以你就改請了喪屍小丑？」克勞斯露出意味深長的表情。

「沒錯，不過怪迪好像覺得喪屍小丑不夠厲害。總之，我把殭殭帶到舉辦派對的房間，再到外面找正在試騎新腳踏車的怪迪。我在送他的這臺新腳踏車上加裝了火箭加速器喔！但我比較希望怪迪等我幫他把身上的縫線固定好之後，再去試騎。怪迪的身體其實很脆弱，我一直不讓他去找理髮師剪頭髮，要是理髮師剪斷了他的縫線，他可是會四分五裂的！畢竟我在製造怪迪時還很年輕……」

「原來如此。他的縫線目前都還好嗎？」克勞斯問。

「還好，右耳後面有幾條縫線鬆了，其他地方都沒問題。」

「派對進行的狀況怎麼樣？」克勞斯繼續追問。

「沒什麼好說的。怪迪的朋友來了，殭殭為他們表演，大家都玩得很開心，然後女巫端出食物，接著是蛋糕。等所有人都離開之後，我回到實驗室，就發現怪物製造機不見了。」

「怪迪請了幾個朋友來參加派對？」

「五個，其中『拉娜』是一個幽靈。我覺得不需要浪費時間調查她，我甚至連她能不能把東西拿起來都不確定，而且你一眼就能看透她了。我的意思是，你真的能夠穿過她身體看到後面的東西。」

博士被自己的雙關語逗得樂不可支，但克勞斯沒分心，「還有誰呢？」

「怪迪還邀請了哥布林雙胞胎『葛恩多．扁扁』和『葛諾菈．扁扁』。」弗蘭肯芬博士說：「載他們來的是他們的祖母『扁扁阿嬤』。不過我們後來才知道，這兩位哥布林對牛奶過敏，派對的蛋糕讓他們吐得一塌糊塗，害我今天早上得請專業清潔人員來收拾善後！」

「只要哥布林在，就一定會有麻煩，就像只要天氣一冷，就一定會出現熱巧克力一樣。」克勞斯對你解釋。

「還有『翠莎．嚎嚎』的兒子『修伊』。」

「嚎嚎一家是狼人。」克勞斯為你補充人物背景。

「你最該懷疑的是『史托克』一家。」弗蘭肯芬博士說：「雖然史托克家的兒子『鮑比』是怪迪的好朋友，可是我一點也不信任鮑比的嗜血父親『布蘭威爾』。」

那個吸血鬼最有可能是罪魁禍首！」

「如果你這麼確定東西是他偷的，為什麼要來找我呢？」克勞斯問：「還有，你為什麼不請異象警隊來處理這起竊案？」

「我希望你能找到證據，證明布蘭威爾．史托克就是小偷。」弗蘭肯芬博士站起身準備離開，卻又在門口停下腳步，「異象警隊當然很厲害，但他們的工作效率很差，而我需要盡快解決這件事。我今天晚上會在市政廳，請帶著你發現的證據去那裡找我。」

博士離開後，克勞斯看向你。又有新的謎團需要破解了，他的眼中閃爍著興奮的光芒，你忍不住微笑起來。

他說：「好啦！你應該已經列出一些我們必須拜訪的人物清單了，那些送小孩到博士家的家長和監護人也不能放過喔！」

你檢查手上的清單，確認自己沒有漏掉任何生物。接著克勞斯說：「走吧！帶著狗一起去辦案。」

你拿起大衣，跟著克勞斯下樓走到街上，他的車就停在那裡。

克勞斯的車子名叫華生，生鏽的棕色車殼上布滿凹痕和刮傷，然而克勞斯非常

喜愛這輛車，其中一個原因在於華生本來是他的寵物狗。你剛來工作時，克勞斯曾解釋過，華生原本是他養過最優秀的警犬，但後來一名叫做蘇珊的女巫把華生變成一輛車。巧的是蘇珊的咒語從華生的後照鏡反彈到她自己身上，把她變成一輛露營車，因此華生一輩子都得當一輛車子了。

克勞斯拍拍華生的引擎蓋，寵溺的說：「誰是最乖的車車？你就是最乖的好車車！」

他坐進駕駛座，你則坐在副駕駛座。

「那麼，華生應該先帶我們去哪裡呢？」他問。

?你想先找清單中的嫌疑犯問話嗎？

前往第19頁

狼人和吸血鬼

?或者你想先調查犯罪現場？

前往第29頁

瘋狂科學家的實驗室

狼人和吸血鬼

「嗯，修伊．嚎嚎和他媽媽是合理的選擇，畢竟他們住得最遠。」克勞斯說：「他們家位在鎮上人類聚居的西葉芬頓區，其他嫌疑犯都住在暗影區。」

你坐在華生毛茸茸的椅子上，覺得手肘有點癢。儘管你很確定華生身上一定有跳蚤，不過你可不會抱怨這件事。雖然華生有一點臭，但牠忠心耿耿，往往會在你們最需要牠的時候出現，所以即使他喜歡在樹下留下一灘油漬，你對牠的愛也不會減少。

嚎嚎一家住在安靜的郊區，和克勞斯辦公室所在的暗影區形成強烈對比。你們沿著屋前車道前進時，隔壁幾戶鄰居的窗簾抖了幾下。他們很可能以為克勞斯只是穿著毛皮大衣的高個子，畢竟在小鎮的這個區域，沒有人會預料到雪怪的出現，也不會有任何人想到自己的鄰居就是狼人。

你們來到翠莎．嚎嚎的家門口。屋外走廊上掛著幾個花籃，裡面開滿了色彩鮮豔的花朵。

「說到狼人，最重要的特徵是他們多數時間都和普通人一樣。」克勞斯說：「他們每個月只有一小段時間會變得……就是……喜歡亂咬亂叫。」

前門的風鈴令你心煩意亂。你馬上就要見到真正的狼人了，更驚悚的是，今天竟然是滿月。當門打開時，你差點嚇得靈魂出竅。

翠莎．嚎嚎把一頭濃密的棕髮綁成馬尾，手上套著一雙黃色的廚房手套。你聞到廚房傳來煎牛排的香味，還聽見收音機的聲音。

她皺著眉催促你們進屋，「索斯塔先生，請進。別一直站在門口，其他人會注意到你的。」

「有什麼地方需要我幫忙嗎？」她在你們進屋後匆忙關上門。

「我們想跟你和你兒子談談。」克勞斯回答。

「修伊不在家，他搭公車去學校了。」嚎嚎太太嘆氣道：「你直接告訴我吧！他又做了什麼好事？」

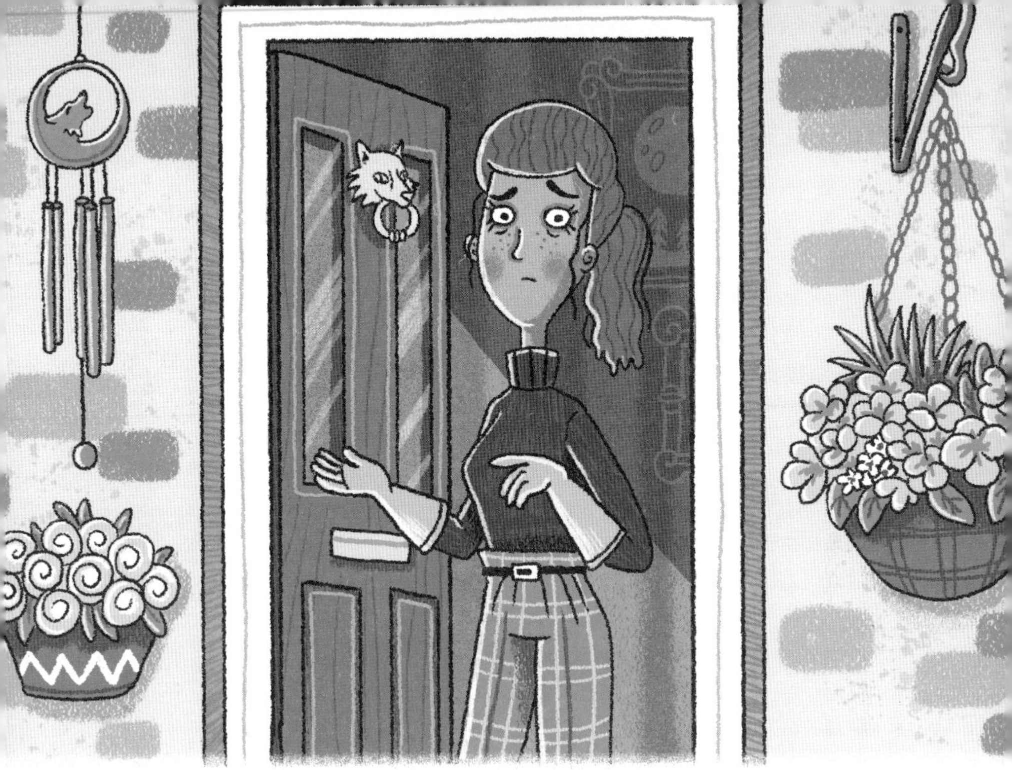

聽到嚎嚎太太的回覆，克勞斯挑起一邊的眉毛，說：「這件事和失竊物品有關。」

嚎嚎太太難過的抱著頭，「喔！天啊！修伊一直都有點問題，我們正在努力克服這件事。他是個善良的孩子，但是他常會因為體內的那隻狼而變得有點……」

她沉默了好一會兒，於是克勞斯提醒她，「你是說，他以前也曾偷過東西？」

「多數是雞。沒錯，他以前偷過東西。」

實在難以想像眼前這位溫文儒雅的女士每個月都會轉變成一隻野蠻的

動物。你眼前的這間客廳看起來再平凡不過了，你能感覺到屋主非常刻意的打造這種平凡。奶油色的牆壁上懸掛著修伊不同年齡時的照片，櫥櫃上擺放了一些瓷器，不過旁邊放著一個裝滿報紙的紙箱，可見這些瓷器很快就要被裝箱了。嚎嚎太太拿起其中一個，放進紙箱裡。

「雖然我們今晚會離開家，不過我向來比較謹慎。」她解釋說。她的眼睛閃閃發光，鼻子抽動了幾下，在那個片刻，你在她眼中看見了潛伏的那匹狼。

「話說回來，是什麼東西不見了呢？」

「弗蘭肯芬博士的怪物製造機。」克勞斯回答：「是在昨天的生日派對上被偷走的。」

「啊！那不可能會是修伊拿的。」她鬆了一口氣。

「你好像很確定他沒有拿。」

「對，我很確定。」嚎嚎太太說話的語氣變得很堅定，「昨天是我載他離開派對的。他上車時手上只拿了派對發的小紙袋，沒有其他東西。他絕對沒有拿走弗蘭肯芬的那臺怪機器！」

「按照你的說詞，你好像很清楚怪物製造機長什麼樣子？」

「對，我之前看過。」她坦承道：「弗蘭肯芬和我都是學校董事會的成員。我可以很肯定的告訴你們，我兒子沒有從他家拿走怪物製造機。」

在你的老闆進行談話時，你一邊整理複雜的人物關係，一邊記錄所有值得追查的線索，忙得不可開交。

「好，最後一個問題。」克勞斯問：「開派對那段時間你在做什麼？」

「我去肉鋪買肉。每個月這一天，我和我兒子離開家時應該要吃飽比較好。」她一派輕鬆的回答：「好啦！看來我已經把我所知道的事都告訴你們了。現在你們應該明白，偷走怪物製造機的既不可能是我兒子，也不可能是我。那麼，祝你們調查順利。」

接著，你們來到了史托克家。史托克家的外觀看起來和位於郊區的嚎嚎家大不相同，它坐落於避風鎮暗影區的繁華地段，是一棟老舊又陰森的三層樓住宅，房子上有著怪物雕飾的排水口，以及歪扭的塔樓和煙囪。

華生在史托克家外停下，你緊張兮兮的下了車。一陣冷風從衣服縫隙竄進你的身體，不祥的烏雲籠罩在這棟怪宅上空，看來似乎要下雨了。

石子路在你的腳下嘎吱作響。突然，一隻蝙蝠從屋頂的洞口飛了出來，把你的老闆嚇得直跳腳。

「我不喜歡蝙蝠。」他嘟噥著說：「蝙蝠很會……亂飛。」

你不禁覺得有些荒謬，高大壯碩的雪怪竟然會害怕像這樣的小生物。反觀，你怕的就不是蝙蝠，而是吸血鬼。

站在大門前，克勞斯扯動一條粗大的鐵鍊，遠處傳來鐘聲，你們靜靜等待。接著，某處傳來像是木頭互相摩擦的聲音，讓你不禁想像棺材的蓋子升起，然後「扣咚！」一聲掉到地板的畫面。當一隻蒼白的手打開門時，你嚇得差點心臟停止。

「嗨！索斯塔先生。」一名有著滑順黑髮的男孩說。

「鮑比，你好。」克勞斯說：「你爸在家嗎？」

「他今天晚上要去市政廳參加很重要的辯論會，所以還在睡覺。」他擤了擤鼻子看向你，「你要跟他說什麼好事嗎？畢竟你帶了個人類來。」

「這個人絕對不會是你們的菜。」克勞斯斬釘截鐵的說。你很開心有克勞斯在這裡保護你。

太陽從雲朵後方短暫露臉，鮑比馬上退到門廊後方，躲開陽光。你發現門內的

衣帽架上掛滿了形形色色的雨傘和連帽斗蓬。在白天，吸血鬼得利用這些東西才能在小鎮裡移動。

「或許我們可以進到你家裡，和你討論幾個問題。」克勞斯提議。

「或許吧……」鮑比說：「你們在調查什麼？」

「弗蘭肯芬博士的實驗室昨天遭了小偷。」

「真的嗎？」鮑比說：「你們覺得誰有嫌疑？」

「我們正在縮小嫌疑犯清單。」克勞斯回答。

屋裡昏暗陰沉，閃爍的燭光映在壁紙花紋上，每次你移開眼睛，都覺得那些花紋好像在移動，總感覺有誰在監視著你。你拿出筆記本，努力控制心中的恐懼。你很慶幸克勞斯站在門邊，沒有進屋。

「你昨天進過實驗室嗎？」克勞斯問。

「沒有。」鮑比聳著肩回答：「我最後一次進實驗室的時候不小心打翻了一罐臼齒，讓弗蘭肯芬博士氣炸了。我勸他別為了一罐牙齒大吼大叫，但是他顯然聽不進去。」

「挺有趣的。」克勞斯說，不過他的臉上沒有一絲笑容，仍然保持非常專注的態度繼續追問：「所以說，你曾經進去過實驗室。你有沒有看到其他生物在派對那天進去裡面？」

「任何生物都有可能進去呀！」鮑比說：「因為那天我們在玩捉迷藏。」

「誰當鬼？」克勞斯問。

「修伊。老實說，我不知道怪迪為什麼要邀請他。修伊實在太……平凡了，他根本無法融入我們的話題。」

「就我的經驗來說，沒有任何事物是絕對平凡或正常的，無論你是不是暗影區的居民都一樣，所以大家都有嫌疑。」克勞斯對你眨眨眼。

你沒有發現，因為你努力在侃侃而談的吸血鬼面前保持冷靜和專業，已經耗費大半的精力。這棟房子充滿了嘎嘎吱吱的怪聲，簡直就像有生命一樣，況且還有一名更老、更致命的吸血鬼在樓下呼呼大睡。

「總之，後來我躲到怪迪的床下。」鮑比說：「那是個很棒的藏身處。這場捉迷藏的贏家應該是我才對。」

「最後是誰贏了？」克勞斯問。

「葛恩多和葛諾菈，但我覺得他們作弊。」

「要怎麼在捉迷藏的時候作弊？」

「如果說有任何生物能找到捉迷藏的作弊方法，那一定就是哥布林了，他們無時無刻都在要心機。我敢打賭，一定是他們把博士的怪物製造機拿走了。」

克勞斯停頓片刻，看了你一眼，緩緩的問：「我剛剛有說過不見的東西是怪物製造機嗎？」

你很確定他沒透露。

「沒有嗎？」鮑比問。

「沒有。」克勞斯說。

「現在回想起來……一定是怪迪昨天晚上打給我的時候說的。」

「怪迪為什麼打給你？」

克勞斯抽動鼻翼。你以前也看過他這麼做，這代表他找到了值得挖掘的線索。

「我們是最好的朋友，當然一

天到晚都在聊天啊！你應該直接去問他，畢竟那場派對是為他舉辦的。」鮑比也注意到克勞斯的語調改變了，他不自在的扭動身體、看向手錶，「抱歉，我要準備去上學了，我可不想遲到。祝你們順利找到那臺機器。」

你們後退了一步，鮑比立刻用力關上門。

「真有趣！」克勞斯說：「他絕對隱瞞了什麼。依照我的經驗，吸血鬼可不是暗影區最值得信賴的生物。」

你只覺得能遠離那棟房子真是太好了。你剛才一直緊握著拳頭，手掌上甚至有指甲掐進去後留下的白色痕跡。

雪怪老闆轉身面向你，說：「好啦！下一個調查地點要去哪裡呢？」

你的回答：

?「我們去找哥布林談談。」
前往第52頁
扁扁阿嬤

?「我覺得應該去找怪迪。」
前往第29頁
瘋狂科學家的實驗室

瘋狂科學家的實驗室

華生載著你們前往弗蘭肯芬博士家的途中，克勞斯在一間名叫「大胃王煎爐」的三明治專賣店停下來買東西。

等你們走出店裡，華生已經不見了。

「當你的車子是一隻受詛咒的狗時，就是會有這種問題。」克勞斯聳了聳肩，「牠可能正在追其他車子，或者跑去聞別臺汽車的排氣管，這表示我們接下來得用走的了。」

克勞斯在路上狼吞虎嚥的吃完了一份法式長棍三明治，它的長度和你的手臂差不多。你的老闆胃口超大，而且只要一餓就會變得很暴躁。他吃飽後的思緒會比較清晰，因此貼心的助理如你，通常會在口袋裡替他準備一些巧克力棒。

你們抵達了博士家，克勞斯敲響大門。

來應門的是一名男孩，他的額頭上有一道長長的縫合傷口，脖子和手腕上也有。你記得弗蘭肯芬博士說過怪迪不是他最好的作品，現在你明白他的意思了。男孩的灰色皮膚有些鬆垮，兩隻耳朵的高度不同，一頭毛茸茸的紫色頭髮和他身上的綠色校服一點也不搭。

「嘿！怪迪，是我的錯覺，還是你長高了呢？」克勞斯問，他的語調有點像親切的鄰家大叔。有時候，你會覺得老闆似乎認識鎮上這一區的所有生物，或許是因為他曾經在異象警隊工作過吧？

「你想太多了。」男孩無奈的說：「讓我長高的唯一方法，是請爸爸幫我製作更長的手和腳，而他說目前沒有錢準備材料。」

「要湊到足夠的錢可是很『費手腳』的呢！」克勞斯意有所指的笑著說。

怪迪悲傷的搖搖頭說：「不是錢的問題，他只是不想花心思而已。」他抹了抹

眼睛，這時你注意到他左邊眉毛上有一道縫線鬆開了。

「你的生日過得開心嗎？」克勞斯問。

「派對很好玩。雖然喪屍小丑有點怪，但我很喜歡捉迷藏，就算我是第一個被找到的也沒關係。可是，等所有朋友離開後，我爸就把這次生日毀了。他發了瘋似的尋找那臺愚蠢的怪物製造機。他只想繼續製造更多怪物，根本不關心已經被做出來的怪物！」

「你覺得是誰把機器拿走的呢？」克勞斯問。

「反正不是我。你是在懷疑我嗎？」怪迪充滿戒心的反問。

「目前還沒有任何生物提出指控。」克勞斯溫和的說。

「我昨天就在電話裡和鮑比說過了，任何生物都有可能偷走那臺機器。」怪迪接著說。

「你和鮑比的感情是不是很好？」克勞斯問。

「沒錯。可是我爸不喜歡我去他家玩，所以我們只好常常講電話。」怪迪悶悶不樂的說。

「為什麼他不喜歡你去最好的朋友家玩呢？」

「他和鮑比的爸爸處得不好。」

「他來辦公室找我時，我就注意到這點了。」克勞斯說：「你爸爸在家嗎？」

「抱歉，他不在。」

「如果可以的話，我們想在你家四處看看。」

「應該可以吧……」怪迪說。

你們跟著他走進大廳，順著螺旋樓梯下樓來到一間沒有窗戶的房間，裡面到處都是冒著白色泡沫的試管、發出嘶嘶聲的培養皿和裝在廣口瓶裡的扭動器官，怎麼看都是瘋狂科學家的實驗室。實驗室中間躺著一具了無生氣的身軀，上面蓋著紅布，看起來是個高大的成人，而且頭頂光禿禿的。

「讓我猜猜，想必這就是弗蘭肯芬博士的最新作品——惡煞梅塔。」克勞斯說。

這間實驗室絕對不符合環境衛生和安全規範，

銳利的解剖刀被隨意扔在實驗桌上，有毒氣體四處飄散，你小心翼翼的避免碰觸任何東西，跟著怪迪走到原本放怪物製造機的櫃子前。你仔細觀察，發現擺放機器的地方留有落塵掩蓋的痕跡，下方的地板上有幾個棕色小球。

克勞斯屈膝跪下，撿起其中一顆小球嗅了嗅，「嗯……你們這裡有齧齒類出沒嗎？」

「可能我的其中一隻實驗鼠又逃出來了吧？」怪迪說。

「你們家有清潔工嗎？」克勞斯問。

「因為哥布林在派對上吐了，所以我爸請了獨角獸清潔公司來打掃。除此之外，他通常不會讓任何人進入實驗室。」

「連你也不能進來？」

「我進來這裡幹麼？」怪迪說完後，把雙手插

進口袋裡。

「你對你爸爸的研究沒興趣嗎？」克勞斯追問。

「我就是我爸爸的研究。」怪迪回答：「我不太清楚你們為什麼要問我這些問題，如果你們真的想要找到我爸的寶貝機器，應該去找嫌疑犯談才對。」

「你覺得誰最有可能是嫌疑犯呢？」

你以前也看過克勞斯使用這個技巧：讓嫌疑犯指認其他人。儘管這麼做不一定能立刻揭露真正的罪犯，但只要知道嫌疑犯覺得哪些生物可疑，你們就能更了解眼前的對象。

「我不知道，可能是哥布林吧！他們一天到晚都在偷東西。」怪迪回答。

這時，你聽見前門重重關上的聲音。

「我爸回來了。他發現你們在這裡的話，一定會很不高興。」怪迪說。

你快速掃視實驗室最後一眼，努力記下所有細節，才跟著怪迪走上階梯。

弗蘭肯芬博士就站在大廳。

「你們在這裡做什麼？」博士質問。

「我們在檢查犯罪現場。」克勞斯說。

「然後呢？你到底得出結論了沒？」

雪怪的眼中閃爍著怒火，不過他停頓了片刻後，便用平緩的語氣回答：「我認為調查案件的過程中，討論案情沒有任何幫助。」

「我付錢雇用你的目的是抓到犯人。」

「你放心，我會抓到的。」克勞斯說。

「我希望你們至少有注意到那些蝙蝠糞便。」

「我確實發現了一些相關線索。」

「只要有蝙蝠糞便的地方，就一定有蝙蝠；只要有蝙蝠的地方，就一定有吸血鬼。」弗蘭肯芬毫不掩飾的說出他的推論。

「如果你這麼確定小偷是誰，為什麼還要找我們？」克勞斯問。

「我需要證據才能把史托克繩之以法，而且我想拿回機器！今天晚上我要去參加市政廳的會議，希望你能在那裡向我報告你的發現。」

「希望到了那個時候，所有問題都已經解決了。」克勞斯說。

「最好是這樣。這麼一來，整個小鎮都會看清那隻吸血鬼的真面目了！」弗蘭肯芬博士咬牙切齒的說。

「或許吧！不過在下結論之前，我們還得去盤問其他嫌疑犯。再會了。」

「再會。」弗蘭肯芬說。

你跟著老闆走到屋外，華生已經在路邊等著你們，牠一邊搖著排氣管，一邊喘氣。

上車後，克勞斯轉過頭對你說：「我認為弗蘭肯芬博士沒有如實交代他所知道的每件事，又或許他在說謊，其實他知道的並沒有那麼多。無論如何，我都不相信他。你覺得我們要不要跟蹤他呢？」

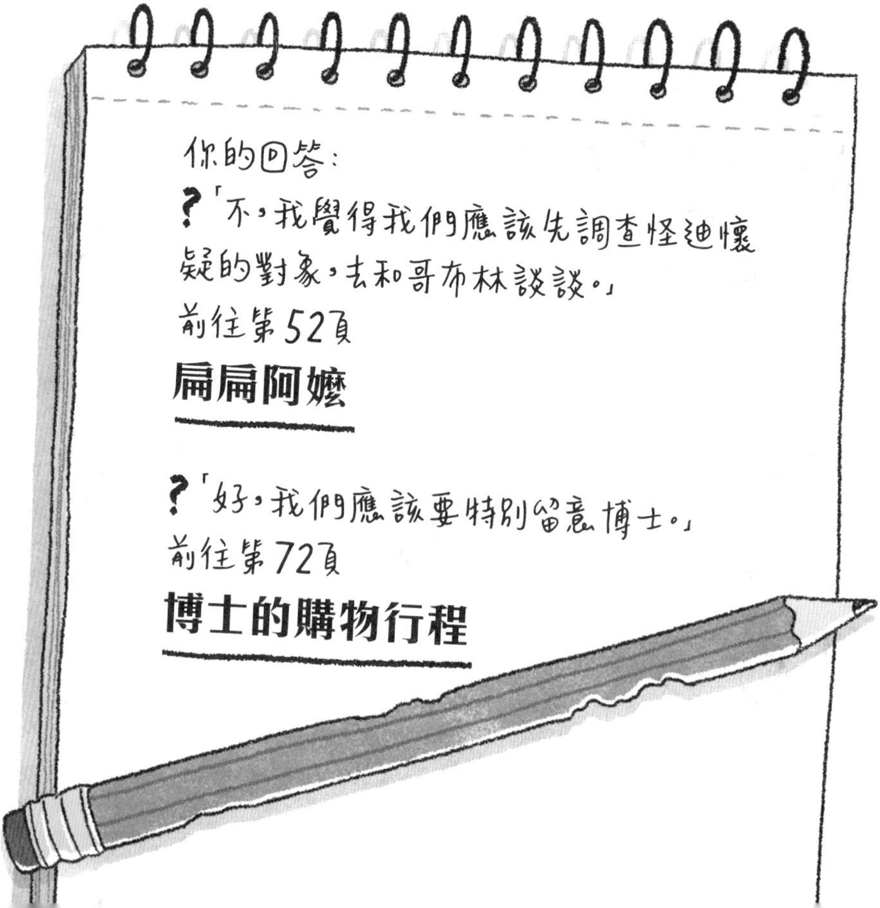
你的回答：
?「不，我覺得我們應該先調查怪迪懷疑的對象，去和哥布林談談。」
前往第52頁
扁扁阿嬤
?「好，我們應該要特別留意博士。」
前往第72頁
博士的購物行程

避風鎮異能學院

你常在心中想像避風鎮異能學院是什麼樣子。櫃臺人員幫你和克勞斯開了門，請你們在會客室稍待。某種程度來說，這所學院的會客室和避風鎮上其他小學沒什麼不同，掛著學生得獎作品的白牆，擺放著教師名冊的書架，還有張貼著近期活動預告的布告欄。

比較不尋常的是，那位正在對櫃臺人員咆哮的是一個毛茸茸的妖精，而櫃臺人員看起來至少已經過世兩、三年。你花了一點時間才意識到，這位妖精不是學生，而是家長。等他抱怨完兒子進不了籃球校隊的事之後，終於輪到你們和櫃臺人員談話了。

「我們需要跟這裡的幾位學生談談。」克勞斯說。

櫃臺人員疑惑的打量你的老闆，接著看向你，恍然大悟的說：「啊！你們是來討論『關注人類週』的吧？你還特地裝扮成人類嗎？」

「沒錯，我們是來開會的。」克勞斯順水推舟的回答。

「你看起來就像個百分百的人類呢！」櫃臺人員仔細看著你，「兩位請直接到教職員休息室等開會吧！」

你們轉進走廊時，克勞斯還在因為櫃臺人員的話呵呵笑。這時，一名抱著一大疊書的幽靈女孩迎面撞上你。書本散落一地，而她卻直直穿透了你。在幽靈女孩穿過你的血肉和骨頭時，你的內心突然充滿了悲傷和哀憐，但下一刻，這些感覺又消失無蹤。

幽靈女孩說：「真的很抱歉，我沒有看路。」

剛剛的感覺使你震驚到說不出話來。

其中一本掉落的書正好露出了第一頁，上面用鉛筆寫著女孩的名字。

「『拉娜』。」克勞斯說：「我們有幾個問題想問你，和昨天的派對有關。」

幽靈女孩突然誇張的張開雙臂，掩面痛哭。這個華麗且戲劇化的動作，讓你以為她正在表演話劇。她哭嚎道：「我去參加派對是因為我以為他們會提供靈氣果凍啊！一提到生日派對，我就想哭！」

「生日派對有什麼不好的地方嗎？」克勞斯柔聲問。

她啜泣著說：「我……我……我在我的生日派對上睡著了。」

「睡著有那麼糟糕嗎？」克勞斯問。

她生氣的說：「我的意思是，我離開了……你懂嗎？我掛了……」

「喔！我懂了。你在生日那天死了。」克勞斯恍然大悟。

「你一定要說得那麼直接嗎？」拉娜鬱鬱寡歡的噘著嘴，緩慢的後空翻了一圈。

「抱歉，但你已經是幽……」

「不准你那樣說！」拉娜飄到克勞斯面前，伸手想要摀住他的嘴。

克勞斯似乎覺得有些好笑，不過他還是忍住笑意問道：「你和怪迪很熟嗎？」

「不算熟，但我和弗蘭肯芬家的人認識很久了。」拉娜回答，抑鬱的情緒在她的眼中逐漸匯聚，「我在怪迪他爸爸還是怪迪的年紀時就認識了。我也認識怪迪的祖父和曾祖父，還有……」

克勞斯打斷她，「你覺得昨天的生日派對怎麼樣？」

拉娜說：「還可以。我喜歡玩捉迷藏，這方面我可是高手喔！變成幽靈的少數優點之一，就是擅長捉迷藏。」她嘆了口氣。

「請問你躲在哪裡呢？」

「牆壁裡。」她露出陶醉的表情，「我喜歡牆壁，裡面很舒適。」

「你躲的該不會剛好是弗蘭肯芬博士實驗室的牆壁吧？」克勞斯追問。

「喔！才不是。那裡可是他們一家子製造可怕怪物的地方呢！」

「也包括你的朋友怪迪。」克勞斯指出。

「啊！怪迪是個好孩子。」拉娜說：「這不是他的錯。我們永遠不該把錯怪在孩子身上，不是嗎？」

「哪種錯？」克勞斯抽動鼻翼，好奇的問。

「各種錯。」她惆悵的回答：「依照我的經驗，我們永遠都不該把錯怪在孩子身上。」

你不禁想著，或許她的回答沒有表面上單純。她能夠躲在牆壁裡，想必見過的事情應該比多數人更多。

「你在派對上有發現什麼奇怪的事嗎？」克勞斯問。

「那裡的每件事——」她飄到你面前，說：「或者我該說，幾乎每件事都不對勁。」你心中猜想著，或許在她穿透你時，不只你能感覺到她的情緒，她也一樣能感受到你的心情。

「我的意思是，你有沒有看到誰拿著弗蘭肯芬博士的怪物製造機，走出他的實驗室？」克勞斯直接了當的問道。

「我不知道你說的是什麼東西。」她回答。儘管這聽起來像是實話，然而因為她是透明的，所以你很難看清她的表情。

「是一臺能讓各種生物活過來的機器，外表看起來像是裝了齒輪的縫紉機，大概這麼大。」克勞斯比劃出怪物製造機的尺寸，「那臺機器不見了。」

「是喔？」拉娜冷淡的說：「這倒是解釋了派對結束之後，為什麼有人在大吼大叫。」

「所以說，其他人離開時，你沒有回家嗎？」克勞斯問。

「沒有……」拉娜在空中不停轉圈，「我跟其他人不一樣，我是無家可歸的幽靈，沒有家人會來接我！」她再次嚎啕大哭。

克勞斯從口袋裡掏出一張衛生紙遞給她。她接過衛生紙，擤了鼻涕後把衛生紙握在手上，宛如鬼影的鼻涕不斷滴落。你突然意識到，如果她可以拿起衛生紙，可以捧起整疊書，或許也能夠拿走怪物製造機，然而這時你看到她試著把衛生紙放進口袋裡，衛生紙卻掉到了地上。

你心中思索著幽靈的生存邏輯到底是什麼。自從接下這份工作後，你已經遇過太多無法理解的事情。

「這麼說來，弗蘭肯芬發現怪物製造機不見的時候，你還在他們家嗎？」

「對。我聽到他不斷大吼大叫，便過去看看到底出了什麼事。當時他正在大罵說，這是一場陰謀，有人想要搞垮他。」

「怪物製造機能讓你活過來嗎？」克勞斯問。

拉娜說：「我沒有肉體能復活。我得走了，我現在應該在操場管秩序才對。」

她說完後便轉身消失在一堵牆壁中，彷彿從來沒有出現過。

你正想提議接下來前往教職員休息室，可是克勞斯卻把毛茸茸的大手指放在嘴脣上，悄聲說：「你聽。」

他的耳朵豎了起來，並摘下帽子嗅聞，宛如附近傳來了某種味道。接著他躡手躡腳的走到一個置物櫃前，火速拉開櫃門，兩名綠油油的小哥布林滾了出來。

「『葛恩多．扁扁』和『葛諾菈．扁扁』。」你的老闆大聲斥責：「你們為什麼要偷看？」

葛恩多回答：「我們沒有偷看，我們只是在找東西。」

「找什麼？某人從弗蘭肯芬博士的實驗室裡偷走的怪物製造機嗎？」克勞斯開門見山的質問。

「我們不知道、不清楚、不曉得有關怪物製造機的事。」葛諾菈說。她的語調聽起來簡直像是在朗讀課文。

等等，你發現她真的把這一段話抄在手上……你不確定老闆有沒有看到，不過這個小抄實在明顯得難以忽略。

「一開口就否認三次嗎？我覺得你在說謊。」克勞斯說。

「我才沒有說謊！」

「你又在否認了。」克勞斯提醒她，「看來我們的調查方向是正確的。好了，接下來把你知道的事都告訴我吧！」

「我們不知道、不清楚、不曉得有關怪物製造機的事。」葛諾菈仍然是個哥布林讀稿機。

「如果你真的跟這件事有關，說實話對你比較有利喔！知道嗎？」克勞斯說。

「說什麼市話？」葛恩多問。

「他是說『實話』，不是『市話』。他就站在我們面前，我們不用打電話。」葛諾菈說。

「就算沒有打市話，我也知道你們沒有說實話。」克勞斯說。

「反正，我們不知道、不清楚、不曉得有關怪物製造機的事。」葛諾菈第三次說道。

「而且絕對沒有人叫我們這麼說。」葛恩多說。

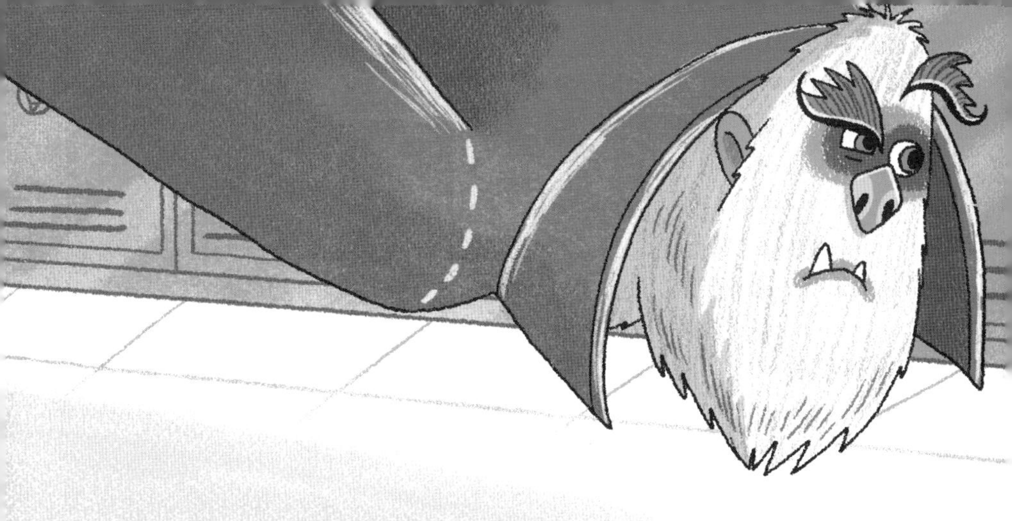

「這樣啊！」克勞斯彎下腰逼近哥布林雙胞胎，身上的毛幾乎碰到他們綠色的臉頰，「沒有人叫你們說你們不知道這件事。那麼，你姐姐手上的那些字又是誰寫的呢？」

「我手上的字是我自己寫的。」葛諾菈說，不過她似乎也不太相信自己說的話。

「我只想知道你們在保護的對象是誰？是誰不希望你們提起怪物製造機的事情？」

「修伊。」在葛恩多回答的同時，葛諾菈則說：「鮑比．史托克。」

「他們兩個都這麼說嗎？」克勞斯問。

哥布林雙胞胎望向彼此。

「葛恩多！」葛諾菈說。

「葛諾菈！」葛恩多說。

「把你們知道的事全都告訴我。」克勞斯要求。

「我們什麼都不知道。」葛恩多說。

「聽好了，你不能就這樣跑進學校來質問我們。我要見律師！」葛諾菈大喊。

「你真的知道律師是什麼嗎？」克勞斯問。

「扁扁阿嬤說，如果你因為做了某些事情而惹上麻煩的話，就會需要律師這個東西。」葛恩多說。

「也可能是因為沒有做任何事而惹上麻煩。畢竟我們不知道、不清楚、不曉得有關怪物製造機的事。」葛諾菈補充。

他們沿著走廊跌跌撞撞的跑走，從一群小仙子之間擠過去時，引起一陣騷動。

克勞斯轉向你，問道：「很快就要下課了。我覺得我們應該留在學校，找其他生物談談。你說呢？」

?你同意他的看法。

前往第47頁

獨行狼

?你已經受夠學校了，接下來去找女巫吧！

前往第64頁

女巫的烤箱

獨行狼

鐘聲從高塔上傳來，避風鎮異能學院的學生四散至操場。你看到怪迪和鮑比站在垃圾桶旁熱絡的聊天。葛恩多和葛諾菈在兒童攀爬架上擺盪，一邊大叫，一邊扭打。你沒找到拉娜，不過你注意到修伊．噱噱坐在柳樹下的長椅上。你們走近時，他一臉不高興的抬起頭，說：「我就知道你們一定會來找我。」

「為什麼這麼想？」克勞斯問。

「怪迪告訴我怪物製造機不見了，每次發生這種事，大家都怪在我頭上，就只是因為我偷過幾隻雞。不然他們指望我怎麼做？我可是狼人吔！」

克勞斯說：「我沒打算怪罪任何生物，雇用我的人只要求我找回失物。我只想知道你能不能幫我找到那臺機器。」

「從實驗室偷走機器的才不是我！」

克勞斯哼了一聲，輕推你一下，說：「你怎麼知道東西是被偷走的？」

修伊搔搔頭。你向後退了一小步，擔心狼人身上和狗一樣有跳蚤。

「有可能是博士忘記他把東西放在哪裡。」克勞斯繼續說：「也可能是機器突然憑空消失。畢竟這個事件發生在暗影區，什麼狀況都有可能。」

「如果你問我的話，我覺得機器八成是被偷走的。」修伊聳聳肩。

「那麼，你覺得誰會想要偷怪物製造機呢？」

「不知道。我什麼都沒注意到，而且這件事也和我無關。」

修伊堅定的看著眼前那座巨大又毛茸茸的高山，也就是你的雪怪老闆。

「你難道不覺得小偷應該被抓起來嗎？」克勞斯問。

「關我什麼事？」

「怪迪不是你的朋友嗎？」

「不算是吧！是他爸爸邀請我參加派對的。他們全都不想靠近我……」他難過的吸了吸鼻子。

「你覺得他們為什麼不想靠近你呢？」克勞斯問。

修伊委屈的說：「我太普通了，這就是身為狼人的困擾。我們讀的是異能學院，而我每個月有二十九或三十天沒有特異功能，就跟個普通人沒兩樣。我不會在牆壁上走路、不會吐火、不會飛、不會變成貓、不會咬穿金屬……我什麼都不會！我要一直等到滿月才會變成怪物，只有那一天的狀態可以融入這裡，我卻不能在那一天靠近任何生物！」修伊放聲大哭，發出令人毛骨悚然的嚎叫。

你替他感到難過，但你沒有出聲。

「你不是唯一覺得自己格格不入的生物。」克勞斯瞥了你一眼，「每個生物偶爾都會有這種感覺。」

「是嗎……」修伊踢開地上的一塊石頭，把雙手插進口袋裡。

「拉娜說你們昨天玩了捉迷藏。」克勞斯說。

修伊說：「對，我負責當鬼。我很快就靠嗅覺把他們全找出來了，當然只有拉娜除外，沒有任何生物能找到她。」

「你找到他們的順序是？」

「呃……我想應該是哥布林雙胞胎、怪迪，然後是鮑比……不對，抱歉！最後是哥布林雙胞胎贏了，所以這個順序不對，我一定是最後才找到他們。」

「拉娜呢？」

「雖然我們和她一起玩，但她不算在贏家裡，畢竟從來沒有生物能找到她。有時候我真希望自己也是幽靈，那麼至少我就有擅長的事情了。」

「你在玩捉迷藏的時候，有遇到其他生物嗎？」克勞斯問。

「我好像有看到一位女巫在樓上徘徊。」修伊回答。

「火娜拉？布莉姬？」克勞斯問。

「對。」

「是哪位？」

「我不知道。」修伊說：「我很怕女巫，聽說她們施法把學校的管理員變成了糞金龜。」

你用眼角餘光瞥見，有一隻一百八十公分高、叼著一大串鑰匙的糞金龜，正企圖阻止一群學生爬上學校圍牆，接著一隻龍從他們的頭上飛過，吐出了一大口火焰。

「下課時間結束了。」修伊起身準備離開。

「感謝你的寶貴時間。」克勞斯致謝後，轉向你說：「來吧！該走了。」

坐回車子裡後，你迅速翻閱筆記，你的老闆在等你開口，決定下一個目的地。

你的回答：

?「我們應該去找女巫談談。」

前往第64頁

女巫的烤箱

?「我們得回去辦公室，稍微研究一下這個案子。」

前往第84頁

中場休息

扁扁阿嬤

「過去幾世紀以來，哥布林都住在深藏的地底洞穴裡，只有在想惡作劇或製造麻煩時，才會跑到地面上，如今也差不多。」克勞斯向你解釋，你則跟著他走下通往地洞的階梯。

你看到階梯底部有一個告示牌，上面寫著：**私人土地，禁止進入！**

克勞斯敲敲門。地洞聞起來簡直就像巨怪的廁所，你不得不屏住呼吸。

「我知道這是你第一次和哥布林交手，過去這幾年，我已經為了案件來找扁扁阿嬤很多次。」他說：「雖然不少是她犯下的，卻也幫我解決不少案子。她不是壞人，不過我還是建議你保持警戒。對了，記得保管好你的鉛筆和筆記本，這些哥布林有時喜歡順手牽羊。」

你聽到咯噠輕響，接著門嘎吱一聲打開了。一名矮小的哥布林出現在你面前。他抬頭看了克勞斯一眼，便轉頭放聲大喊：「扁扁阿嬤！」

克勞斯彎下腰走進屋內。大廳牆上貼著刺眼的綠色壁紙，室內則塞滿哥布林小孩、哥布林小小孩和哥布林嬰兒，他們全都在講話、大笑、牙牙學語和噴口水。你謹慎的往前走了幾步，試著不要踩到任何哥布林。

「早知道有客人要來，我就會先打掃一下啦！」一名長相粗獷的成年哥布林前來迎接你們，她的牙齒看起來好像全都在爛到掉光之後，又重新塞進牙齦裡。她身上的圍裙寫著：哥布林，蛋糕終結者，西元一二五八年起。

她把一個擋路的錫杯高舉過頭，用力扔出去，杯子如流星一般落在視線看不到的地上。接著她說：「這樣就乾淨多了。」

「扁扁阿嬤，好久不見。」克勞斯用問候舊同事的語氣向她打招呼。

「我還覺得你太常出現呢！有什麼我能幫忙的地方嗎？索斯塔。」雖然她這麼回答，但她似乎很開心能見到克勞斯。

周遭到處都是失控的小哥布林：有些坐在椅子上吃義大利麵蟲、有些在廚房地面滑壘，接著一頭撞上垃圾桶、有些抓著吊燈在空中搖晃、有些在攀爬家具、有些則把各種東西踢翻，還有些正在打架……他們全部都是扁扁阿嬤的孫子。

扁扁阿嬤抓起一支錫湯匙用力敲打平底鍋。鏘！鏘！鏘！所有哥布林頓時安靜下來。

「我們想見葛恩多和葛諾菈，討論弗蘭肯芬博士實驗室遭小偷的事。」

扁扁阿嬤瞇起眼睛，說：「不准指控我的哥布林孫兒們！只要有東西不見，所有生物都會在第一時間責怪我們哥布林。蛋糕不見、電視不見、嬰兒不見……每次都是我們的錯！」

「嗯，你說得沒錯。不過在你剛剛舉的那些例子裡，這些東西的確都是你們偷的。」克勞斯微笑道。

「隨你怎麼說，反正這次不是我們。這又是誰啊？索斯塔，是幫你打雜的新人嗎？」扁扁阿嬤舉起一隻粗短的綠手指戳了戳你的胸口。

克勞斯說：「別招惹我的助理。請讓我們和那兩個孩子談談，好嗎？」

她厲聲說：「太遲了。他們去上學了。」

「我猜昨天他們去參加怪迪的生日派對，是你開哥布林卡車載他們過去，並接他們回來的，對嗎？」克勞斯問。

「你現在還想指控我偷東西嗎？真是厚顏無恥！」扁扁阿嬤高聲尖叫。

「沒有任何生物提出指控，我只是想弄清楚事情的先後順序。」克勞斯溫和的說。

「你說弄清楚什麼的什麼？」扁扁阿嬤問。

「我需要知道每件事發

生的時間。」克勞斯解釋道：「如果他們真的如你所說是清白的，那麼對你最有利的做法，就是告訴我真相。」

扁扁阿嬤不以為然的說：「真相？這就是真相：我把哥布林孫兒載到弗蘭肯芬家就走了。我去載他們回家時，他們吐得天昏地暗，簡直就像是餿水桶裡掀起強烈颱風。」

克勞斯皺起鼻子，顯然和你一樣，覺得這段描述寫實得有點噁心。

「他們有帶什麼東西回來嗎？」

「當然有，我剛剛已經告訴過你，他們帶著過敏的不適回來。」

「在那麼混亂的狀況下，我想葛恩多和葛諾菈應該可以輕而易舉的帶著怪物製造機離開那裡吧？」

你努力把注意力集中在筆記本上，仍忍不住感到有些反胃。

「誰知道呢？我只知道我總算把他們帶回家、哄上床，再拿拖把清理卡車，後來只能把拖把給丟了……真應該叫老弗蘭肯芬賠我一支新拖把！我的孫兒就是因為他的蛋糕才會狂吐。我早就說過他們會過敏，可是他有在聽嗎？沒有！人類什麼都聽不進去……抱歉，我不是針對你啊！」她看著你，補充了最後一句。

「聽起來，你似乎不太喜歡弗蘭肯芬。」克勞斯說。

「他這個人糟透了。不管他再怎麼牙尖嘴利，我都不會相信他說的話。就算他的牙齒像我這個紅髮小孫子那麼尖，我也不會相信他。」她順手抱起其中一個小哥布林。

「放我下去！」小哥布林掙扎著。

扁扁阿嬤鬆手放開小哥布林，小傢伙卻在落地時踩中她的腳趾，痛得她用哥布林高音尖聲哀號。

克勞斯繼續追問：「你沒有看到什麼可疑的事情嗎？比如說其他小孩或其他家長拿著可能是怪物製造機的東西？」

「沒有。我倒是覺得這件事很可能是弗蘭肯芬自己捏造出來的。好啦！不介意的話，你和你的人類助理……」她又看了你一眼，「可以離開了。」

克勞斯說：「好，我們這就走，但我還是希望有機會能找葛恩多和葛諾菈討論幾個問題。」

「你最好不要把我和我的哥布林孫兒們扯進這件事裡，別不知好歹！」她把你們趕出了門。

「和之前一樣，能跟你合作真是我的榮幸。」克勞斯說。

即使扁扁阿嬤很暴躁，你能感覺到你的老闆和這位嫌疑犯的感情其實很好。你們走出地洞，遠離了哥布林的家之後，克勞斯轉身看向你。

「正如我剛才所說，我已經認識扁扁阿嬤很久了。我們合作的時間長到，就算我們在法律上是站在對立的兩方，私下仍可以相處融洽。我覺得她說的是實話，但還是要由你來決定接下來該怎麼做。」

你緊緊握著寫滿線索的筆記本，雖然本子上沾了一些綠色黏液，但你不是很想知道那是什麼。老闆充滿期待的看著你，等待你決定下一步該往哪走。

? 你想去學校找葛恩多和葛諾菈嗎？
前往第37頁

避風鎮異能學院

? 又或者你覺得應該跟蹤弗蘭肯芬博士呢？
前往第72頁

博士的購物行程

夜間市長

你坐進華生的副駕駛座，把剛剛在停車場看見的事情告訴老闆。

克勞斯一邊聽，一邊摸著下巴，說：「有意思，很高興你決定把這件事情告訴我。當然，蝙蝠的部分除外，我真的不喜歡蝙蝠。」他聳了聳肩後繼續說：「弗蘭肯芬博士一開始來找我們時就說得很清楚，他覺得是布蘭威爾偷了怪物製造機。然而，只要你感覺到對方誘導你往某個方向調查，你就應該特別謹慎，這種時候往往要朝另一個方向走。」

你還在仔細思考克勞斯說的話，他馬上又接著說：「問題在於弗蘭肯芬知不知道你在停車場觀察他，說不定他是故意要操控我們的調查方向，無論他的目的是什麼，我都不會把他從可能的說謊名單中剔除。不過，史托克競選夜間市長的這件事也可能和我們的調查有關。在避風鎮，夜間市長擁有重要地位。我覺得我們應該要和這位吸血鬼老兄談談，聽聽他的觀點。」

這就是你如此熱愛這份工作的原因：把所有事情拼湊在一起，找出各種線索。有些線索值得追查，有些則會使你們做出錯誤的判斷。和你們談話的每個證人都會為同一個事件提供不同觀點，這是個充滿各種可能性的複雜線索之網，你們必須在核心找到真相。

你們原本打算前往布蘭威爾．史托克家，竟巧合的在半路和他不期而遇。他開著一輛黑色的長禮車繞行避風鎮暗影區，車頂上放著他的競選廣告，上面寫著：

票投史托克！
信賴掛保證！

車頂的擴音器傳出一陣響亮的聲音：「請投票支持布蘭威爾．史托克擔任下一任夜間市長。投票支持我，就是支持實務經驗，就是支持你的未來！我發誓我會對市政議題緊咬不放，好好整頓這個充滿犯罪的小鎮。」

克勞斯趁著等紅燈的空檔，把華生往史托克的車子旁邊開。你發現有人在車頂的競選廣告上畫了一個大大的箭頭指向史托克的頭，旁邊寫著：

不要相信光頭

克勞斯為你解釋：「這是暗影區的特色之一。這裡大多數居民都擁有茂密的毛髮，狼人、熊地精、牛頭怪、雪怪……這些生物身上都有很多毛，哥布林、妖精和精靈的耳毛甚至多到可以做成靠枕！男巫師們喜歡留鬍子，女巫們簡直就像從沒見過理髮師。所以我們覺得光頭不值得信任。」

克勞斯把華生停在右線道，你看到布蘭威爾．史托克坐在黑色長禮車的駕駛座上。他倚著車窗探出頭來，說：「啊！是克勞斯．索斯塔。懇請惠賜一票！」

你不自覺的繃緊肩膀。你很清楚調查各種生物是你的工作，可是吸血鬼的某種特質總是令你特別不安。

克勞斯說：「我還沒想好要投誰，我得看看選票上有哪些候選人才能決定。」

「我可以向你保證，其他候選人都不重要。」

「目前我正在調查弗蘭肯芬博士的怪物製造機為什麼會消失。」

「喔！那個糟老頭啊！」史托克笑著說：「他整天都在疑神疑鬼。弗蘭肯芬想

要製造生命，我們吸血鬼對於那種凡人的瑣事沒有興趣。大概是派對上的某個孩子拿走了，當然不是我家的小孩，不然就是那些卑劣的女巫。總之，拿走那臺機器的不可能會是我這種在鎮上有頭有臉的人物。要我說的話，弗蘭肯芬根本只是想要害我選不上夜間市長而已。」

「為什麼他不希望你當選市長呢？」克勞斯問。

史托克說：「弗蘭肯芬家的人向來對我不怎麼友善，我還真想不出原因呢！不好意思，綠燈了！如果我能當選的話，我保證未來暗影區的事物會像綠燈般一路暢行無阻。祝你們調查順利嘍！」

克勞斯還來不及反應，史托克就揚長而

去。後面的車子按了喇叭，史托克向左轉，克勞斯則開著華生繼續直行。

「史托克是個很有野心的人。」克勞斯說：「如果弗蘭肯芬博士真的對史托克懷恨在心，或許我們會因此找到關鍵線索。史托克競選夜間市長和機器失竊會有關係嗎？為什麼競選夜間市長會讓史托克有理由偷走怪物製造機？我想不通。」

你一邊聽克勞斯說話，一邊檢視自己的筆記，以免他遺漏了什麼事情。又該決定接下來要怎麼做了，這一次你心中同樣有兩個方向，難以抉擇。

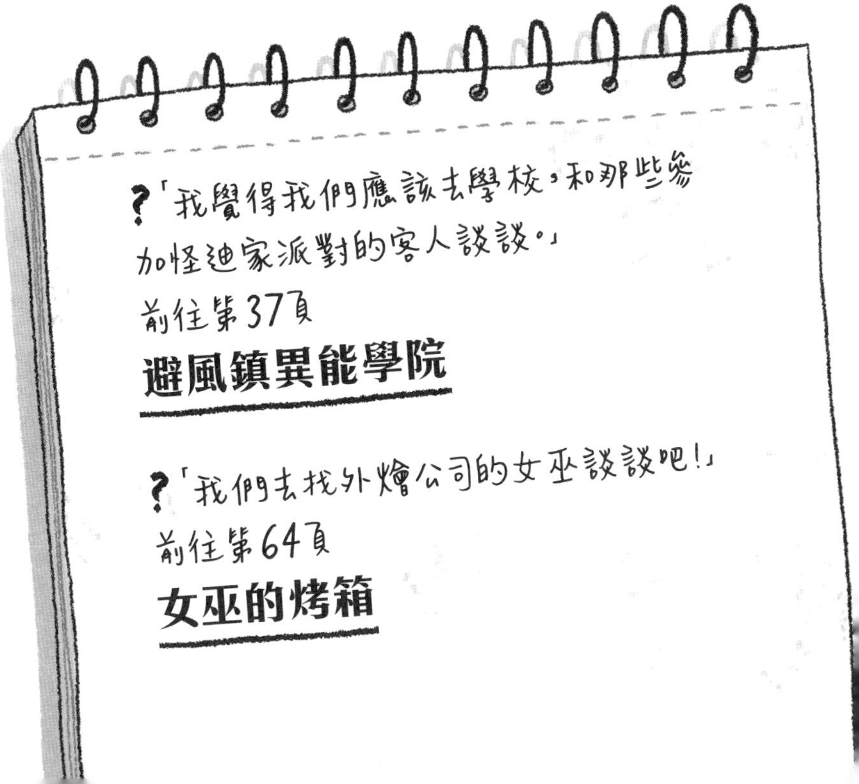

?「我覺得我們應該去學校，和那些參加怪迪家派對的客人談談。」
前往第37頁
避風鎮異能學院
?「我們去找外燴公司的女巫談談吧！」
前往第64頁
女巫的烤箱

女巫的烤箱

火娜拉．米可鳥和布莉姬．米可鳥經營的「女巫的烤箱」是一輛老舊的露營餐車。她們平時若沒有開車在鎮上到處跑，就會把車停在火車鐵軌旁的空地。儘管每天搭火車的通勤族從來不會多看這輛露營車一眼，不過克勞斯以前就和兩位女巫打過交道，所以他很清楚她們的位置。你們把華生停在路邊，往露營車走去。

靠近露營車時，你注意到車身正左右晃動，而且聽見電動攪拌機的嗡鳴和平底鍋油煎的滋滋聲。你仔細聆聽後還辨別出其他更詭異的聲音，例如刺耳的電鋸聲、嘶啞的笑聲和毛骨悚然的尖叫聲。你敲了車門後便往老闆身邊靠了靠，你可不希望被別人發現自己有些緊張。

沒人應門，於是你更用力的再敲一次。

這次，露營車終於安靜下來，也不再搖晃。

「是誰？」車裡傳來沙啞的聲音。

「我們在忙。」另一個聲音傳了出來。

「是我，克勞斯·索斯塔，還有我的助理。」他為了讓你安心而拍拍你的背，不過力量大到你差點喘不過氣，「我們有幾個問題要請教。」

「等一下。」

「馬上來。」

車裡隱約傳來兩名女巫的對話，聽起來十分慌張。

「不是啦！只要把蓋子蓋起來就好了……凝固也沒關係。」

「但是它還在冒泡泡……」

「那就把火關小！」

門打開後，你看到了這輩子見過最邋遢的女巫。她們的頭髮糾結雜亂，兩張臉也髒兮兮，全身上下都是五顏六色的汙漬。

「我們姐妹倆很忙。」其中一位女巫說。

另一位女巫站到她身邊，「布莉姬，他想要幹麼？」

「你以為我會讀心術嗎？火娜拉。」

「我想說你身為女巫，應該是會一點魔法，真是不好意思喔！」火娜拉左手提著一個小鍋子，右手握著一隻斷手。

「你手上的魔杖看起來挺有意思的。」克勞斯說。

火娜拉舉起斷手抱怨道：「你說這個啊？我叫布莉姬拿支架給我，結果她以為我說的是指甲。」

「我和同事想找你們談談最近的竊盜案。」克勞斯說。

布莉姬轉身看向你。她傾身盯著你瞧來瞧去，你覺得雙腳好像被凍住了，下意識低頭確認腳上是不是真的結了一層冰。你永遠也不知道女巫會做出什麼事，但讓你雙腳無法動彈的不是女巫的魔法，而是恐懼。

「你沒有外表看起來的簡單。」她盯著你說：「你擁有超乎想像的力量。」

你不知道她說的是什麼意思，卻覺得她好像能看透你的思緒而感到不知所措，又有些惱怒。幸好克勞斯在這時站到你面前，擋住她的視線。

「我的助理不勞你們費心。」克勞斯說：「我們想談昨天發生的事。」

「布莉姬，昨天發生了什麼事？」火娜拉問。

「那個臭小子的派對。」布莉姬回答。

「你說得沒錯，那個臭小子的派對。」火娜拉附和。

「方便進去談嗎？」克勞斯沒有等她們回答，便推開兩名女巫，直接踏進露營車內。

「嘿！小心點！」布莉姬大喊。

「你這個毛茸茸的愚蠢大塊頭！」火娜拉叫道。

你不安的跟著他走進露營車。車子中間的折疊床上躺著一隻沒有生命跡象的怪物，身上蓋著白色床單。怪物緊繃的皮膚上布滿縫線，少了一隻手掌，而且是個光頭。

「真有意思。我們來尋找失竊的怪物製造機，正好就在你們這兩位主要嫌疑犯家裡發現一隻怪物。」

「完全是巧合。」布莉姬說。

「只是偶然。」火娜拉說。

「看你們的反應，早就知道怪物製造機不見了。」克勞斯留意到兩位女巫在聽到竊案時一點也不驚訝。

布莉姬說：「這裡的流言總是傳得很快。如果你以為是我們把機器拿走，你可就搞錯了。我們只是找布萊恩來廚房當助手而已。」

「我們沒有要叫他布萊恩。」火娜拉說。

「這位布萊恩沒有頭髮。」克勞斯說。

「他不叫做布萊恩。」火娜拉再次強調。

「這個名字好得很，他沒有頭髮又怎麼樣？」布莉姬說。

「這不就是怪物製造機的功用嗎？編織出紫色頭髮，讓怪物活起來。」克勞斯問。

「聽起來挺方便的。」火娜拉一邊說，一邊拿著那隻斷手在妹妹面前揮舞。

「天啊！不知道那隻手摸過什麼東西。」布莉姬嫌棄的把斷手揮到一旁，接著轉向克勞斯說：「聽好了，你想怎麼暗示或指控都隨便你，但我們昨天在派對上做完工作後就離開了，這就是事實。不信你可以去問殭殭，他從頭到尾都在那裡。」

「唉！我不喜歡喪屍。」火娜拉用那隻斷手搔了搔自己的長鼻子，「他們太愛無病呻吟了。」

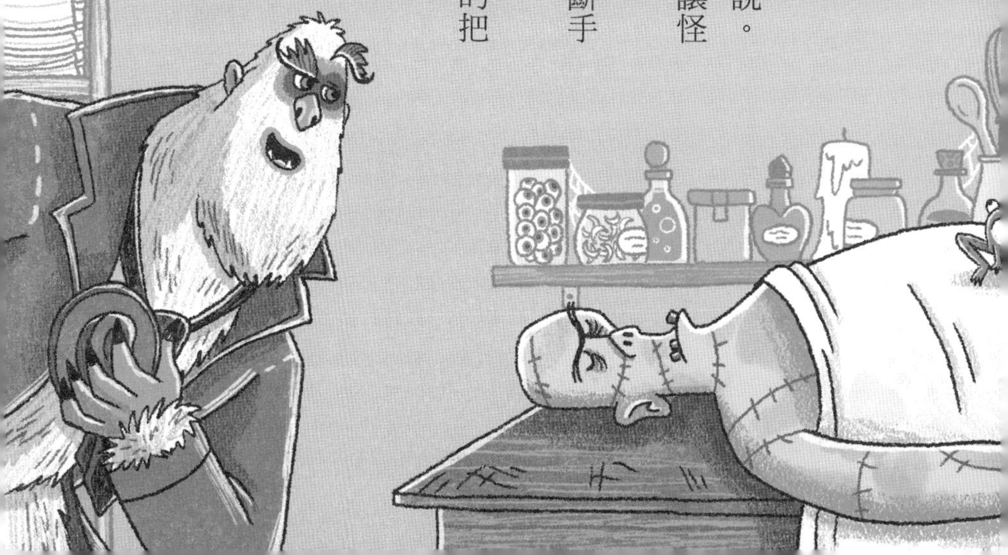

「殭殭也在嫌疑犯名單上。」克勞斯說。

「哇！我對你的名單真是太感興趣了。」火娜拉尖酸的說：「你也被我們列入『變成蜥蜴名單』裡了。」

布莉姬嘖了一聲，「蜥蜴？你的想像力還真是豐富喔！怎麼不乾脆把所有討厭鬼變成青蛙呢？很老套吔！」

「你最有創意了，是不是？」火娜拉問：「不然你要把他們變成什麼？」

「變成另一輛露營車？」布莉姬說。

露營車忽然猛力搖晃了一下。

「別這麼緊張嘛！蘇珊。」布莉姬拍了拍露營車，接著轉向她的姐姐，「啊！我想到了，把他們變成一條人行道，如何？」

「人行道？」火娜拉粗啞的嗓音提高了音調。

布莉姬說：「對啊！每個人都踩在你身上走路，把東西掉在你身上，還會把嚼過的口香糖黏到你臉上，更不用說狗大便了。」

「我懂了。」火娜拉說：「好，在我們把你們倆變成人行道之前，趕快滾出去吧！」她揮了揮手，即使你們一動也沒動，卻在眨眼間來到了車外。露營車的門碰的一聲關上。

「這些女巫喔……」克勞斯低聲碎念。

雖然你嚇得說不出話來，不過能離開那輛露營車真是太好了。你們穿越空地，回到忠心耿耿等待你們的華生身邊。

「你真是世界上最乖的車車了。」克勞斯一邊說，一邊拍拍車頂。華生叭了一聲，搖了搖排氣管。

你們坐進車裡，仔細思考剛剛發生的每件事。如果這兩名女巫正在製造怪物，就有強烈的動機偷走機器，可是其中仍有一些你們還沒解開的謎團。

克勞斯說：「好啦！我想，接下來有兩個選擇：去找殭殭，或是回辦公室評估目前蒐集到的所有線索。」

你的回答是？

?「我們回辦公室評估線索吧！」
前往第84頁
中場休息

?「我們應該去找殭殭。」
前往第78頁
喪屍小丑殭殭

博士的購物行程

你們來到一間灰暗的購物中心，裡面擠滿了平凡無奇的人類。你很訝異克勞斯出現在這種地方竟然沒有引起眾人矚目。

「在跟蹤嫌疑犯的時候，有個訣竅能讓你不被發現。」他解釋道：「你仔細觀察我。我的身高超過兩百公分，身上長滿白毛。對大多數人來說，我是傳說、虛構的，還有我個人最喜歡的一項特質——令人畏懼的。但是永遠不會有人注意到我，這是為什麼呢？」

克勞斯沒有等你回答就自顧自的說：「因為我不會刻意閃躲或扭扭捏捏，自然就不引人注目。而且這些人根本沒預想到自己會看到雪怪，所以他們就不會注意到我。就算我真的被多看了兩眼，也只會被當成一名毛髮茂密又穿著毛皮大衣的高大男子。」

確實，所有逛街的人和你們擦肩而過時，連眼皮都沒有抬一下。博士顯然也沒有料到會被監視，你們從他家一路跟蹤到購物中心，他連一次都沒有回過頭。你們看著他買下一件實驗袍，挑了一組新的試管，還去剪了頭髮……雖然在你看來，他的新髮型反而比之前更亂了。

克勞斯說：「博士是我們的雇主，並不代表他沒有嫌疑。每個人都有祕密，博士、我……我想就連你也不例外。」

這時弗蘭肯芬走出鞋店，往你們的方向走來，打斷了克勞斯滔滔不絕的言論。

「快點，他朝我們走過來了！這邊！」

克勞斯把你推進一間服飾店。你躲在掛滿衣服的橫桿後面，他則蹲下來，摘下帽子，藏進衣帽架的大衣之間。博士匆匆經過，沒有注意到你們。

克勞斯站起身，你們兩人尾隨博士來到電梯前。

「他一定是要回車上了。」克勞斯說：「我們得爬樓梯。」

樓梯很長。博士把車子停在七樓，克勞斯一派輕鬆的跑上階梯，你卻上氣不接下氣，等到抵達停車樓層時，你已經快要斷氣了。你努力控制呼吸，克勞斯則一把推開樓梯間的門。博士的車子就在那裡，你們卻沒有看到博士的身影。

克勞斯說：「奇怪，他應該比我們更早到才對，不知道被什麼事耽擱了？我最好留在這裡盯著他的車。以防萬一，你去其他樓層看看。」

儘管現在你最不想做的事就是爬樓梯，你還是遵照指示出發了。一開始你找了幾個樓層都沒有人，但來到設有停車場繳費機的樓層時，你聽到有人說話：「是誰在那裡？」弗蘭肯芬博士的聲音在水泥牆之間迴盪，嚇了你一跳。

你馬上蹲下來。他看見你了嗎？

「抱歉。我嚇到你了嗎？弗蘭肯芬博士。」另一個聲音回答。

你從引擎蓋後方探出頭，看到一位顴骨高聳、個子高挑的光頭紳士。他手上拄著裝有華麗銀色把手的手杖，小心翼翼避開從牆壁縫隙照射進來的一道陽光，走向弗蘭肯芬博士。

「布蘭威爾·史托克。」博士說：「我很清楚怪物製造機是你拿走的。其他人很快就會知道你是個小偷。」

吸血鬼彎起薄唇，露出輕蔑的笑容，「證據呢？」

「我的實驗室裡有蝙蝠大便！」博士厲聲回答。

「聽起來你的實驗室不怎麼衛生。你應該雇用獨角獸去幫你打掃，你都不知道他們的角用來清潔那些惱人的角落和縫細有多麼乾淨！」

「我對獨角獸清潔公司一點興趣都沒有。索斯塔會證明是你偷了機器。」

「你雇用雪怪來調查我？」史托克的語氣聽起來十分惱怒。

「沒錯，不久之後，所有生物都會知道你是小偷了。」

「我摸著良心向你保證，我真的沒有拿你的機器。」

「你的心是死的、冷的，就

像你身體的其他部分一樣。我知道機器就是你拿的！很快的，其他生物也都會知道這個事實。」

吸血鬼低聲輕笑起來，接著轉變成邪惡的狂笑，「你以為我會怕你？不管你怎麼做，我都會當選夜間市長。到時候，避風鎮的整個暗影區都會屬於我！」

吸血鬼拍了一下手，變身為一群蝙蝠，牠們像龍捲風般恣意盤旋，然後直直撲向博士。

「滾開！別靠近我！」弗蘭肯芬大喊。

蝙蝠沒有折磨他太久，片刻後便振翅飛走，博士也沒有多做停留。

「到處亂飛的可怕生物。」他一邊低聲喃喃自語，一邊確認頭髮裡有沒有藏著蝙蝠。

你躲在車後，看著他走向電梯，按下按鈕。你趁著等他離開的空檔仔細思考，好好消化剛才那段對話。電梯門打開，弗蘭肯芬走進電梯裡。他離開之後，你便往樓梯走去。等你回到克勞斯身邊時，博士的車已經駛下斜坡，離開停車場了。

克勞斯向你點點頭，「他剛離開，應該是去繳停車費了。接下來要去學校找其他參加派對的小孩談談嗎？」

你猶豫了片刻。

「還是說，你剛才有發現什麼新線索？」克勞斯問。

一般來說，你和老闆不會對彼此隱瞞任何事情，他完全信任你做出的各種決定。不過你有點想知道，如果你不把這個新發現告訴他的話會怎麼樣？或許這一次輪到你來解開謎團了，你可以向他證明你的能力。

「怎麼了？」他再次問你：「有什麼發現嗎？」

？你想要把剛剛聽到的對話告訴克勞斯嗎？

前往第59頁

夜間市長

？或者你想把剛剛的新發現當成一個祕密？

前往第37頁

避風鎮異能學院

喪屍小丑殭殭

避風鎮上有兩間劇院。皇家劇院上演的是默劇，由不太會唱歌的過氣明星和不太會演戲的ＤＪ領銜主演。

另一間劇院則位於酒吧樓上的狹小空間，叫做「布羅克利傑克」，你可以在此觀賞到噴火秀、小妖精競速賽和龍的摔角表演。克勞斯在舞臺下找到一位巨怪，問他殭殭在哪裡，巨怪指了指旁邊的樓梯。爬上樓梯後，你們看到喪屍小丑獨自坐在化妝間，裡頭滿是洩了氣的派對氣球和尺寸過大的道具。

克勞斯說：「殭殭，我想問你幾個問題，和昨天的兒童派對有關。」

「兒童派對。」殭殭喃喃自語：「一旦淪落到為這些小鬼頭表演，演藝生涯就等於是跌到谷底了。他們只想看會噴水的假花和跌倒的小丑，哪裡懂得小丑表演是一門高貴的藝術呢？我的翻筋斗表演可是連格里馬迪本人都讚嘆不已。」

「誰？」克勞斯問。

「維多利亞時代的偉大小丑格里馬迪。他以前是我的好朋友，那時候我的表演可說是『活靈活現』。」

「你現在的表演也很生動。」克勞斯說。

小丑說：「我指的是我還『活生生』的時候。當時我還是個活人，常在皇宮和開幕典禮上表演，座上嘉賓是國王和女王，所有人都重視我！可是死去的小丑就不一樣了，現在這個時代，連活生生的小丑都快要沒辦法生存，更不用說是死的。所以我如今才會在這個……在這個……」他看著你們，咬牙切齒的說：「在這個劇院裡表演。」

「我能理解，身為死人確實有很多壞處。」克勞斯說。

「就連其他小丑都用他們的紅鼻子對我嗤之以鼻。啊！還有大腦。」殭殭露出厭惡的表情，說：「大腦很容易卡在牙縫裡，你們知道這有多噁心嗎？而且要是你把所有時間都用來表演，是很難找到大腦的。」

克勞斯露出幽默的笑容說：「談到大腦，我正好有一件傷『腦』筋的事要請教你。弗蘭肯芬博士的怪物製造機不見了，我們正在調查這件事。」

「我希望你不是在暗示那臺機器的消失和我有關。」殭殭回答。

「我沒有理由那麼認為……至少目前為止沒有。」克勞斯為了強調接下來的話而停頓片刻，「就我所知，你以前從沒有被指控過偷竊，對嗎？」

殭殭驕傲的說：「我？偷東西？我這輩子唯一偷過的東西就是眾人的目光，還有觀眾的心！當然，在喪屍小丑的世界裡，我遇到很多有敵意的行為，也聽過許多惡毒的評論，不過我總是試著無視那些心胸狹窄的傢伙。正如某位詩人寫過的一句話：『不必理會只會酸的酸民』。」

殭殭轉動椅子面向鏡子，用小毛刷修飾臉上的妝，看嘴巴周圍的紅色口紅有些脫落，也小心翼翼的補妝。

「那麼，讓我們回到昨天的生日派對表演。」克勞斯問道：「過程一切都還順利嗎？」

「在這種兒童派對上，哪能說是在表演，根本是在荒野求生，那些討厭的小鬼一直到處亂跑。」

克勞斯繼續問道：「為了表演，我猜你昨天應該帶了很多道具吧？我怎麼能確定你沒有把怪物製造機藏在這些道具裡偷偷帶走？」

殭殭轉回椅子傾身向前，直直凝視著你的老闆。你很慶幸他沒有用那種眼神盯著你看。

「因為我沒有拿那臺機器。」他堅定的說。

雖然這句話聽起來很真誠，但克勞斯還是面不改色的說：「不過你是個演員，不是嗎？」

「沒錯。」殭殭再次轉動椅子，繼續補妝，「如果我想要扮演小偷，我一定能做得非常好，可是我一直是個老老實實的人。大概是因為我靠著說謊維生，所以才會如此。」

「靠說謊維生？」克勞斯重複道。

「演戲。」殭殭說：「我們在謊言中找到真相。」

克勞斯反駁：「這聽起來比較像是我們的工作。你昨晚有沒有看到什麼可疑的事情？」

「我沒有看到偷竊的行為。如果非要我提出指控，我覺得可能是其中一個小孩偷的，畢竟孩子總是鬼頭鬼腦的。話說，他們昨天理應全神貫注的欣賞我的表演，卻完全不把我當一回事！」小丑對你們露出不悅的表情，「好了，我今天晚上還要上臺表演，這次的獨角戲一定能贏得首獎！我要開始準備了。」

他吐出一口長氣後，接著開始發出奇怪的聲音，做發聲練習。「嗡——咪——咪——呦——呦——拜——拜——」

你們走下樓梯，穿越一樓的酒吧回到街上。你專心盯著手上的筆記，上面詳細記錄了你們去過的地方、交談過的生物，以及發現的線索。

克勞斯站在你身邊，他總想趕快進行下一步，但你有時候需要一些時間仔細思考，努力看清事件的全貌。

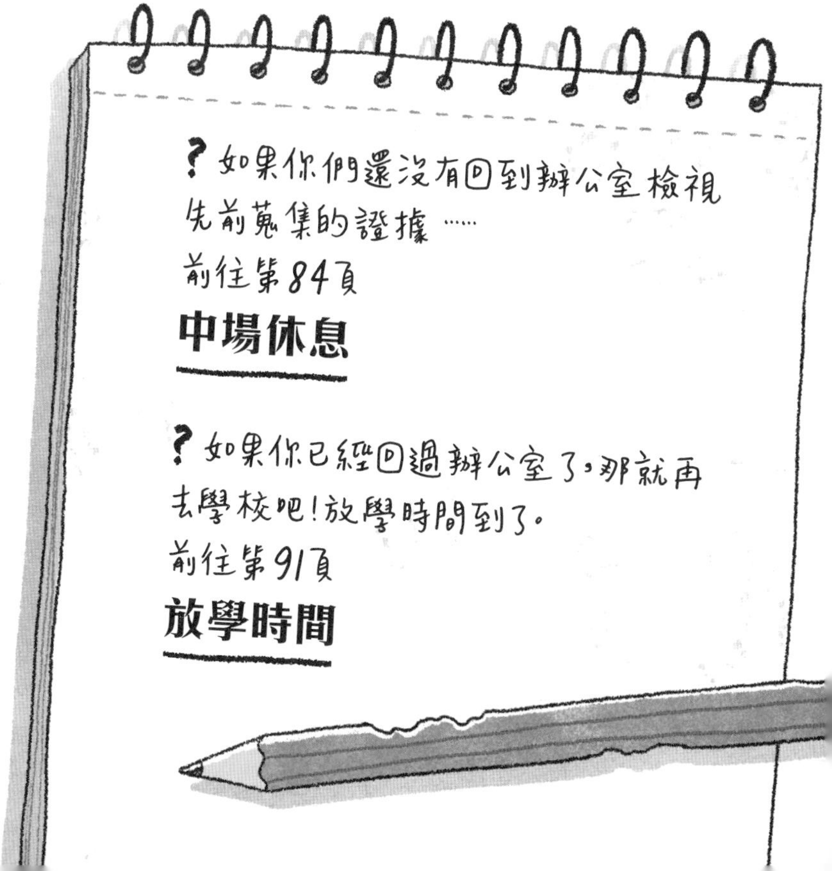

?如果你們還沒有回到辦公室檢視先前蒐集的證據……
前往第84頁
中場休息
?如果你已經回過辦公室了，那就再去學校吧！放學時間到了。
前往第91頁
放學時間

中場休息

你回到亂糟糟的辦公室，盯著筆記本上的嫌疑犯名單。你在早上記錄的每個名字旁邊，都補充了可能的動機，也寫下你們蒐集的全部線索。所有曾在那場派對現身的生物都有機會偷走怪物製造機，你要如何判斷誰是犯人呢？

「有時候，把視線轉移到筆記以外的地方會有幫助。」你身後傳來了一個令人安心的聲音。

你的老闆站在後面，正越過你的肩膀看著筆記。他瞇起眼睛，微微低下頭閱讀文字，你可以感覺到他細緻的白毛撫過你的後頸。他說：「我剛剛留言給達卡警長了。我並不想念在異象警隊工作的日子，可是只有他們可以取得私家偵探難以獲得的資料。此外，我也做了一些調查，你看。」

一疊報紙「啪！」一聲攤在你的桌上。

「我想驗證我的想法，所以不停翻閱《避風鎮異常生物日報》。我知道布蘭威爾·史托克以前也競選過夜間市長，不過我現在才知道，他過去兩百年來的每一次選舉都有參選！」克勞斯露出微笑，「更值得留意的是：他從來沒有當選過。」

你翻開報紙，閱讀上面的標題。

史托克加入選戰

史托克第N次落選

史托克：絕頂真相

「你聽聽這篇報導。」克勞斯開始念其中一篇新聞，「根據近期暗影區委員會的調查顯示，布蘭威爾·史托克多次落選，可能是因為他的頂上無毛。史托克在過去兩個世紀不斷吸選民的血，非常適合擔任政客，然而百分之六十二的暗影區居民

指出，他們會選擇投給另一位候選人，主要的原因是『不喜歡光頭』。」

克勞斯用他毛茸茸的大手一掌拍在桌上，接著拿起另一份報紙。

「猜猜看他這次的競爭對手是誰？正是我們的老朋友弗蘭肯芬博士！他說過今天晚上會去市政廳，我當時沒有多問，畢竟社區裡有很多生物都會去看今晚的辯論會。我現在才知道，原來這次他要以候選人的身分上臺！」

你不斷思考這些事情和怪物製造機竊案有什麼關連，然而克勞斯搶先一步發表了他的看法。

「如果機器是史托克偷的，那麼弗蘭肯芬勢必會在公開場合揭露這件事，也就解釋了為什麼他要我們去市政廳見他。這會不會是政治抹黑的操作呢？如果真的是這樣，到底又是誰在抹黑誰呢？」

這是個好問題，你很希望能想出一個好答案。

「而且，我也找到了一些評論殭殭近期表演的文章。」克勞斯補充道：「他的表演就像是避風鎮的暴風雨之夜——暗淡無光，舉目所及沒有任何『明星』。」雪怪老闆顯然對自己的雙關語感到非常得意，「我還找到了另一個偷竊案的資料，宣稱自己從沒偷過東西的殭殭，在數年前曾被指控偷了另一位小丑的臉。」

你正想問克勞斯那是什麼意思，他又繼續說了下去。

「這篇報導說，每位小丑的造型都不一樣，有一位名叫

邦果的小丑宣稱殭殭偷了他的造型。」這時，一陣電話鈴聲打斷了克勞斯。

他接起電話，「雪怪偵探社，我是私家偵探克勞斯．索斯塔……啊！達卡，謝謝你回電給我。如果方便的話，希望你能幫我確認幾個名字，看看這些人有沒有出現在異象警隊的紀錄裡。」

電話另一頭顯然是克勞斯的前上司——達卡警長，他是一隻牛頭怪，克勞斯和他的關係一直很好。他對著電話念出嫌疑犯清單，沉吟片刻，然後點點頭，在本子上寫下潦草的筆記。道別後他掛上電話，回頭轉向你。

「嗯……他能提供的資訊比我預期的少，幸好有些值得我們研究的線索。」他說：「首先是哥布林雙胞胎。他們因為時常引起騷動、製造混亂和破壞公物，所以在異象警隊十分出名，不過資料裡沒有偷竊的紀錄。修伊．嚎嚎曾被他家附近的多座農場指控偷雞，然而他在異象警隊的檔案遠遠不如女巫精采。那兩名女巫被指控的罪名包羅萬象，有綁架、偷竊、買賣贓物、把人類變成各種物品，以及騎著掃把闖紅燈等。」

你努力把一切都寫在筆記本。克勞斯繼續用很快的語速往下講，他認為你可以跟得上。

「其他報導就沒有什麼值得注意的地方了，布蘭威爾．史托克在過去幾年來曾因為好幾件失蹤人口案被約談，但他是吸血鬼，所以也不意外……」

他用手指滑過自己的筆記，喃喃自語了幾聲，接著抬起頭說：「這個可能還算值得一提。異象警隊的紀錄可以追溯到非常久遠以前，我請達卡深入研究我們的『鬼故事』，就在拉娜遇害的那天晚上，弗蘭肯芬博士的曾曾祖父製造的第一隻怪物

活了過來。這是個有趣的巧合，還是關鍵的線索？誰知道呢？」

克勞斯露出微笑，你看得出來他樂在其中。他先前曾說過，處在謎團的正中央就像是站在颱風眼一樣，如果你能找到那個平靜無波的位置，你就可以看清周遭發生的事。

「好啦！我們又該做選擇了。接下來要調查哪一條線索呢？」

? 如果你還沒準備好的話，要不要去找喪屍小丑殭殭談談呢？

前往第78頁

喪屍小丑殭殭

? 還是你想去學校？放學時間到了！

前往第91頁

放學時間

放學時間

你們抵達避風鎮異能學院時遇上了放學時間。你正想打開華生的車門下車，卻被克勞斯阻止。

「我覺得我們應該留在這裡，遠遠的觀察。問問題能帶給你答案，可是嫌疑犯在接受調查時的行為表現往往和平常不一樣。我們先不要出現，看看事情會怎麼發展。」克勞斯拍了拍方向盤，柔聲道：「華生真是一輛乖車車，別動喔！」

華生剛剛注意到另一輛車，車頂上是布蘭威爾·史托克大大的看板，正好停在放著「請勿停車」告示牌的轉角處。在馬路的另一側，一輛綠色的富豪牌汽車停在扁扁阿嬤的卡車和弗蘭肯芬博士的掀背車之間。

「別探出頭，仔細觀察他們。」克勞斯低聲說。

你順著座椅將身子往下滑。你們的距離近到你可以清楚看到嚎嚎太太下車走到大門外，站到扁扁阿嬤和弗蘭肯芬博士身旁。布蘭威爾·史托克的車子和學校大門的距離比其他車子更近。他先撐開一把長長的黑色雨傘，才謹慎的下了車。

「那裡禁止停車。」弗蘭肯芬博士說。

「我想停哪裡就停哪裡。」吸血鬼高傲的回答：「我還記得這條路沒被畫線的日子，它還沒鋪好之前，我就已經在這裡生活了。」

「就算你長到兩百歲也不代表你有特權。等我當上夜間市長，我一定會加重違反道路條例的罰款。」弗蘭肯芬博士高聲宣布。

「你？當上避風鎮的夜間市長？別笑掉我的大牙了。」史托克回嘴。

扁扁阿嬤說：「我從沒在選夜間市長時投票過，根本沒有人值得我的選票。」她的身上至少掛著三個小哥布林。

「呃……我的名字每次都有印在選票上。」史托克提醒她。

「所以嘍！」扁扁阿嬤嘲諷。

「那麼希望你能投給我。」弗蘭肯芬博士說：「因為『光』是我的髮量……」

「你好大的膽子！」史托克怒吼道：「這位先生，你這是歧視光頭！」

「你才是『其實』光頭吧！」博士為自己的幽默噗哧一笑，「而且大家很快就會發現你是個說謊的小偷。」

「為什麼？因為我偷了你那臺奇怪的機器嗎？」

弗蘭肯芬博士提高音量說：「我就知道是你！光是犯罪現場的蝙蝠大便就能證明這件事了。」

「好一個『便』宜行事的大便證據！反正偷走機器的不是我。」

「你竟敢這樣跟我說話！」博士朝布蘭威爾走去，嚎嚎太太立刻攔住他。博士試著擺脫阻攔，嚎嚎太太卻不肯鬆手，直到他放棄為止。她顯然比外表看起來還要強壯。

「真可惜。」扁扁阿嬤哼了一聲，說：「我最喜歡看人打架了。」

「這裡可是學校大門！你們兩個真該為自己的行為感到丟臉。」嚎嚎太太說。

從學校裡走出來的小孩都盯著他們，其他家長也紛紛聚集到門口。一名妖精媽媽和精靈爸爸對著他們的巨怪女兒招手，她跑過去抱住他們，差點用粗壯的雙臂把爸媽壓扁。一名小妖精媽媽飛到人群上方，對著她的孩子們揮手，兩個孩子一起飛上前去，把書包交給她。

「親愛的，把繃帶整理好，你快要解體了。」一名木乃伊爸爸對兒子說。

你在眾多生物裡看到了怪迪顯眼的紫色頭髮。他正興高采烈的和鮑比聊天，可是你聽不到他們在說

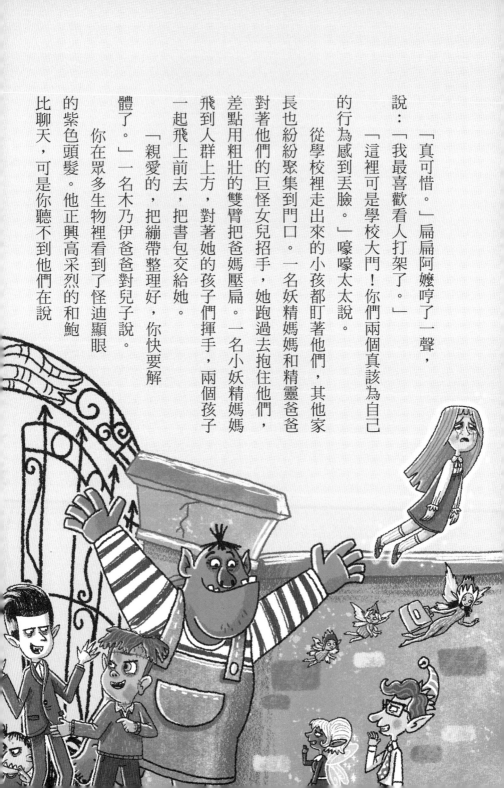

什麼。修伊一個人走了出來，後面跟著哥布林雙胞胎，跌跌撞撞又蹦蹦跳跳的往學校大門跑去，而幽靈拉娜憂鬱的飄在大家上方。

「怪迪，過來。」弗蘭肯芬博士喊道：「別再聊了，走吧！」

「鮑比可以來我們家玩嗎？」怪迪問。

「不行。」博士回答。

「他是我最好的朋友！」怪迪抗議道。

你打開筆記，把怪迪和鮑比的名字圈起來，思索著他們的友誼和這次的謎團是否有關。

博士用演講般的口吻高聲說：「兒子，我很遺憾，但事情就是這樣。而且我還有工作要做，非常重大、非常緊要的工作。科學就是我的熱情所在，追求完美就是我的目標！」

「爸！」怪迪漲紅了臉，顯然因為爸爸的行為感到尷尬。

「除非偷了怪物製造機的傢伙……」博士停頓片刻，刻意瞄了史托克一眼，「被繩之以法，否則我是不會善罷干休的。」

「爸，拜託你別說了。」

怪迪拉住爸爸的袖子，想要把他拖走。你豎耳細聽，想確認怪迪的聲音裡有沒有尷尬之外的情緒，他是不是在隱瞞什麼？

「怪迪，我還是下次再去你家玩吧！」鮑比說。

布蘭威爾．史托克宣布：「等我當選夜間市長，我要立法規定所有生物都必須邀請吸血鬼到家裡作客。」

「真希望你不要堅持每年都參選。」鮑比幽幽的說：「你每次落選之後脾氣都好差。」

「我不會再落選了。」布蘭威爾回答，並替兒子打開車門，「畢竟這次的競選對手弱到爆。」他補充這句之後，瞥了弗蘭肯芬博士一眼。

「天啊！你這個……」弗蘭肯芬博士憤怒的咆哮，但史托克父子已經坐進車子裡，關上車門。

「票投史托克！」布蘭威爾的聲音從車頂的擴音器中傳出來。

「那個爛透的老蝙蝠……」

博士轉過身，發現噯噯太太站在他身後。「啊！翠莎。當然，無論何時我都很歡迎修伊來我們家玩。」

「你真好心。」她回答：「下次有機會再說吧！我們今天晚上已經有計畫了。對吧？親愛的。」她親了親修伊的頭頂，修伊因此漲紅了臉。

他說：「你一定要把事情講得這麼普通嗎？今天是滿月之夜。」

「是啊！話說回來，你只有今天晚上能融入我們，我們卻無法在今晚見到你。」怪迪說。

你無法判斷怪迪的話有沒有惡意，然而你清楚看到修伊的表情很困窘。

「普通人、普通人……」哥布林雙胞胎唱道：「修伊是個普通人。」

「我才不是！」修伊高聲大喊：「我是狼……」

「好了，親愛的。」嚎嚎太太打斷他，「我不認為我們有必要到處宣傳我們每個月會遇到的不便，當個普通人沒什麼不好。走吧！和你的朋友們說再見。」

修伊聽話的說：「再見，怪迪。再見，葛諾菈和葛恩多。」

由於哥布林雙胞胎一直跑給扁扁阿嬤追，所以他們是最後離開的。每次她把其中一名雙胞胎塞進卡車裡，另一個就會逃走。最後她是靠著這句話把哥布林雙胞胎引誘進車裡的——我們今晚要去陰森彼特吃披薩！

「萬歲！」哥布林雙胞胎喊道。

等所有生物都離開，巨大的糞金龜把學校大門鎖上後，克勞斯這才發動華生的引擎，驅車返回辦公室。

「剛才看到了許多可以好好琢磨的事情。」克勞斯說：「就像我說過的，只要你有機會趁嫌疑犯不注意的時候觀察他們，他們就會透露出更多線索，這是你和他們

面談時無法取得的資訊。我們先回辦公室，再仔細想想下一步該怎麼做吧！」

克勞斯在回程非常安靜。他沉浸在思緒裡，忙碌的在腦海中整理蒐集到的所有情報。你知道你也應該這麼做，因為他非常信任你，而你也不想讓他失望。此外，你觀察事物的角度和他不同，你是人類，說不定能發現一些他不小心忽略的線索。儘管你非常熱切的希望能解開這個謎團，不過你也不想太快下結論而遺漏任何資訊。

你深吸一口氣，閉上眼睛。你很快就要做出下一個決定了。但首先，你得先縮小嫌疑犯的範圍。

? 前往第100頁

縮小嫌疑犯的範圍

縮小嫌疑犯的範圍

克勞斯向後倒在他的椅子上，邊思考邊嚼著鉛筆，結果一口把它咬斷了。你們已經花了好幾個小時仔細研究情報，你開始覺得你們不停在原地打轉。

「好，我們再從頭整理一遍。」克勞斯一邊說話，一邊吐出鉛筆碎片，「嫌疑犯清單上的所有小孩，都有機會在捉迷藏時溜進實驗室。」

克勞斯四處翻找另一枝鉛筆，你趕緊把自己正在用的那枝藏起來。

「是我的問題，還是辦公室變熱了？」他問。

當然是他的問題。辦公室簡直像冷凍庫，不過你已經很習慣雪怪老闆對低溫的熱愛。他打開電風扇，把臉湊過去。

他說：「好多了。我們剛才講到哪裡了？」

你把筆記本拿給他看，上面列出了嫌疑犯的姓名和動機，以及截至目前為止蒐集到的所有線索。

「鮑比．史托克顯然是怪迪最好的朋友，他們倆的父親卻是水火不容的政治競敵。」克勞斯說。

他找不到另一枝鉛筆，便隨手抓起一枝麥克筆，把「史托克」寫在一面牆上，另一面牆則寫上「弗蘭肯芬」。你對他這種行為司空見慣，克勞斯做事總是不按牌理出牌，還會徒增高昂的清潔費，但能有效幫助他釐清思緒。他站在房間中央，伸出雙臂，分別指向牆上的兩個名字。

「怪迪一直都有機會拿走怪物製造機，可是他為什麼會想要拿走機器？又為什麼要選在他自己的生日派對上動手？而且，弗蘭肯芬博士是為了給怪迪一個媽媽，才想製造出惡煞梅塔，那麼他為什麼要把怪物製造機拿走，使得博士無法完成這項計畫呢？」

他試著在牆上寫下「惡煞梅塔」，卻想不起來「煞」要怎麼寫。

「此外，也要考慮到他父親在雇用我們時，隱瞞了許多事情。他為什麼絕口不提自己正在和布蘭威爾．史托克競選避風鎮的夜間市長？況且打從一開始，他就一口咬定史托克是犯人。還有，我們也得把實驗室裡的蝙蝠大便納入考量。究竟它是關鍵證據，還是刻意誤導？」

克勞斯打開了第二臺電風扇。你和他不一樣，你沒有一層厚厚的毛皮能保暖。你穿上大衣，對著手呵氣，希望讓手溫暖一點。

「接下來，狼人一家。」克勞斯說完，在桌子上方的牆壁上寫下了「狼人」，這兩個字上面是一幅冰山圖。「嚎嚎太太是位值得尊敬的狼人，修伊則有過偷竊的紀錄。如果犯人是修伊，他要怎麼做才能在派對上拿走怪物製造機，卻又不被他媽媽發現呢？更重要的是，他拿走那臺機器的目的是什麼？他能用那臺機器滿足什麼願望嗎？」

克勞斯搔搔頭。

「下一位，幽靈拉娜……她是參加派對的孩子中，唯一一個不會被大人關

注的孩子。」

　克勞斯在窗戶上寫下「拉那」後，不太滿意的盯著那兩個字半晌，才為「那」補上了女字邊。他每寫一筆，麥克筆就發出一聲刺耳的「嘰——」，讓你忍不住起雞皮疙瘩。

　「拉娜的動機會是什麼呢？為什麼一個幽靈會想用這臺機器來賦

予生命？」

你一邊聽，一邊迅速記錄下來。

「別忘了，在她死去的那天晚上，弗蘭肯芬家正好製造出第一隻怪物。這是不是重要關鍵？我們顯然還不能完全排除她的嫌疑。」

他畫了一個大圓圈，把「拉娜」這兩個字圈起來，再次製造出一聲可怕的「嘰——」。

「最後是哥布林雙胞胎。」

克勞斯大步走到辦公室另一頭，在門上寫下「哥布林」，並打開另一臺電風扇。

「扁扁一家以前有幾次犯案紀錄。我敢跟你打賭，如果異象警隊負責調查這起案子，他們肯定最先被抓去訊問，而我們不需要那麼做。」

克勞斯站在房間中央，四臺電風扇正在全速運轉，紙張飛得到處都是。你盡量在這個宛如極圈的環境中保

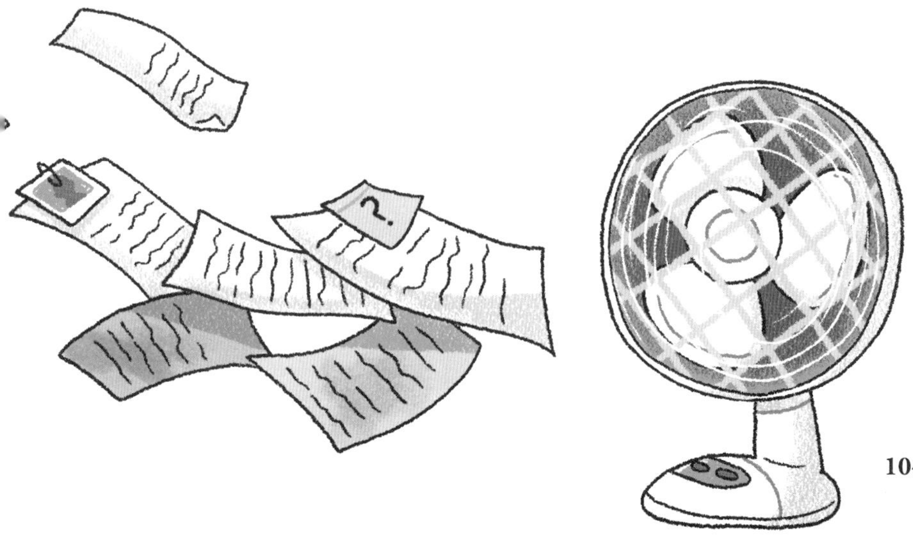

持溫暖，並仔細檢查筆記，以免遺漏之前記錄下來的任何事。

「以上就是參加派對的客人。那麼其他生物呢？機器失竊那天，首先抵達弗蘭肯芬家的是外燴公司。」克勞斯在一張紙上寫下了女巫，「她們倆可真是難纏。我們要抓的小偷會是她們嗎？」

你想對此發表一點意見，可是老闆讓室內溫度驟降，冷得你牙齒打顫，一個字也說不出來。

「接下來是喪屍小丑殭殭。逗孩子發笑不是他最喜歡的工作，怪物製造機對他又有什麼用處呢？」

克勞斯在紙上畫了一個小丑的臉，貼在另一臺電風扇上。他看向你，等待你的回答，這時他總算發現你渾身顫抖。

「噢！很抱歉。」克勞斯說。

他關掉電風扇，走到你身邊，給了你一個大大的雪怪式擁抱。你感覺血液溫暖了起來，各種思緒再次回到腦袋中。

克勞斯說：「是時候選擇該去造訪誰了。把我剛剛說的每件事和今天蒐集的資訊都考慮進去，你覺得是誰拿走了怪物製造機呢？」

你覺得是其中一位孩子嗎？

? 吸血鬼鮑比·史托克

前往第108頁

拜訪吸血鬼

? 怪物怪迪·弗蘭肯芬

前往第154頁

或許是怪迪

? 狼人 修伊·嚎嚎

前往第122頁

大聲「嚎」叫

? 哥布林葛恩多·扁扁和葛諾菈·扁扁

前往第116頁

陰森彼特披薩店

? 或是幽靈拉娜

前往第127頁

不眠不休

又或者，你覺得應該是其中一位大人？

? 吸血鬼布蘭威爾·史托克

前往第108頁

拜訪吸血鬼

? 女巫布莉姫·米可鳥和火娜拉·米可鳥

前往第133頁

米可鳥姐妹的怪物

? 喪屍小丑殭殭

前往第181頁

怪物的頭髮

? 還是這一切都是弗蘭肯芬博士自導自演

前往第148頁

和弗蘭肯芬對質

拜訪吸血鬼

克勞斯把華生停在史托克的宏偉大宅外，華生發出一陣低吼，牠聽起來很害怕。你懂華生的感受。不知道為什麼，這個地方總是讓你想轉身逃跑，保住小命。

「乖車車，安靜。」克勞斯拍拍方向盤安撫道：「沒事的。」

華生安靜下來後，克勞斯繼續小聲的跟你

說：「如果我們懷疑其中一位吸血鬼拿走了怪物製造機，那麼我們該做的第一件事情就是——確認機器是否在他們家裡。」

你抬頭凝視這棟幽暗的哥德式建築，外牆簡直就像是用注入恐懼和死亡的磚頭所堆砌而成。你曾聽說，吸血鬼必須受到邀請才能進入別人家裡。你心想，自己絕對不會邀請他們來家裡作客，更不願意踏入這棟可怕的建築。

「如果機器在他們家，」克勞斯接著說：「他們就不可能讓我們進去屋內四處參觀。所以我們其中一個要溜進去，另一個則負責分散他們的注意力。」

一看到克勞斯不安好心的微笑，你就知道他接下來要說什麼了。

他說：「抱歉啦！雪怪的體型不適合到處打探，等一下我就負責和他們聊天。我敲門後，你必須趕緊進到屋裡。記住，你只有五分鐘的時間可以搜索，這對你來說應該不是問題，雖然吸血鬼的家通常有超嚴密的保全系統……準備好了嗎？」

你向老闆點點頭。儘管你試著保持冷靜，心臟卻跳得飛快，掌心也不斷冒汗。你對於接下來要闖入吸血鬼的家惶惶不安，不過你還是努力壓下那股恐懼，做好心理準備。

「別擔心。」克勞斯安慰道：「正如我常說的，如果你一點都不緊張，代表你不是做偵探這行的料。」

你在下車後走進通往房屋後院的小巷裡，克勞斯則坐在車子裡等待。巷子一片漆黑，連影子都被黑暗吞噬。你聽到遠處傳來一聲嚎叫，接著附近爆出一陣咆哮。突然，旁邊的大樹飛出一群蝙蝠，嚇了你一大跳。克勞斯是因為蝙蝠才派你潛入的嗎？你之前就聽他說過，他不喜歡蝙蝠。

無論理由是什麼，你都必須完成工作，因此你加快了腳步。史托克家後院的鐵門是黑色鑄鐵打造的華麗蝙蝠形狀。你拉開門閂，推開後門。

嘰嘎——

你被這個聲音嚇出一身冷汗。

你害怕得幾乎動彈不得，恐懼使你四肢僵硬。

你總算踏進後院，沿著彎彎曲曲的小路前進，經過許多被修剪成怪異動物形狀的樹籬。你看到一個狗屋，陣陣沉重的呼吸聲從裡面傳出來。或許是打呼聲……或許不是。

你如履薄冰一步步前進，抵達了房子的後門。你聽到門鈴聲，看見有人前去應門。有一扇小窗戶沒有關，你把一個花盆搬到窗邊，一隻腳踩上去，另一隻腳踩到窗沿上，用力翻進了屋裡。你的小腿骨撞到窗框，但你不敢發出聲音。原來這裡是一樓的廁所，你很慶幸馬桶是蓋上的。

你聽見老闆在前門和他們說話。

「索斯塔先生，你好啊！」布蘭威爾．史托克說。

「嗨！索斯塔先生。」鮑比說。

「我有幾個問題想請教。」克勞斯說。

「我們已經點了外送，正準備吃晚餐，你要一起用餐嗎？」布蘭威爾熱情招呼道。

克勞斯說：「謝謝你的邀請，可是你們的口味和我不太一樣。只要借我五分鐘就好。」

就是現在，你得馬上行動！你要調查的是一整棟房子，時間卻不多。你擠出體內每一分勇氣，躡手躡腳的走向客廳。腳下每一片木地板都在嘎吱作響。你的老闆開始咳嗽，而且是富有節奏、配合你腳步的咳嗽，讓你順利前往地下室。

「索斯塔先生，你沒事吧？」你聽到布蘭威爾問。

「只是……咳咳……有個……咳咳……小小的……咳咳……毛球。」

在你走到樓梯的最底部之後，克勞斯的聲音變得模糊又遙遠。你看到房間另一端放著兩個棺材，一個是成人尺寸，一個是兒童尺寸。旁邊的一個角落有少量的棕色小圓球，看起來和犯罪現場找到的蝙蝠大便一模一樣。大棺材旁堆了許多破舊的精裝書，小棺材旁則有一疊漫畫，就是沒有怪物製造機的蹤影。你回到一樓，迅速穿越客廳，往階梯走去，這使你再次靠近史托克父子。你經過他們兩人身後時，聽到他們因為嗅到你的血味而深吸一口氣。

「沒事的話，我們要去吃晚餐了。」布蘭威爾．史托克逐漸對

雪怪失去耐心。

「還有一件事，我還沒決定這次選舉要投誰。」克勞斯脫口而出，努力幫你多爭取一點時間。

這句話立刻將布蘭威爾．史托克的注意力拉回雪怪身上，讓你成功抵達二樓。你盡可能用最快的速度搜索每一間房間。每扇窗戶都掛著厚重的窗簾，屋裡幾乎沒什麼家具，要不是知道有人住在這裡，你一定會以為這是個廢墟。不過，仍然沒有怪物製造機的蹤影。

你聽到有人上樓。

你驚慌失措的跑到一扇窗戶前，拉開窗簾，手忙腳亂的扳開窗戶上的鎖，大力打開窗戶。窗外有一棵又高又細的樹，你覺得自己應該能跳到樹上。

就在你準備起跳時，有個東西引起了你的注意。你看到修伊．嚎嚎出現在兩條街之外。他手上拿著某個東西，然而距離太遠了，你看不清楚。雖然那個東西的尺寸大概和怪物製造機差不多，你卻無法確

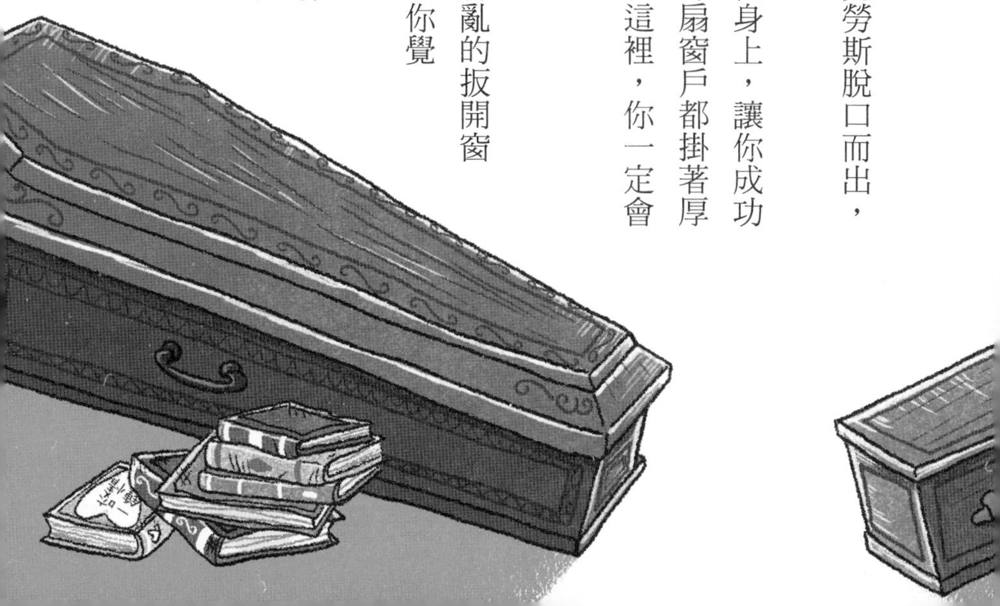

定。說不定只是一隻很大的雞，或其他和案件毫無關連的東西。

你無法確認那是什麼，也沒有時間停下來仔細觀察。你手腳並用的攀到窗外，並把身後的窗戶關上。你可不想留下線索，讓他們發現你來過。你沿著樹幹往下爬時雙手不斷發抖，即使以前爬過樹，但通常你是從樹底下往上攀爬。

你終於爬到樹下，抵達地面，接著回到車上，克勞斯已經在車子裡等你了。你在車上坐定後，才終於鬆了一口氣。華生已經急著想走了，你的老闆都還沒發動引擎，它就忍不住開始前進。

空調已經開到最大，車內的溫度很低，你很高興能回到老闆身邊。

克勞斯說：「歡迎回來。你在尋找怪物製造機的時候，有發現什麼值得一提的事嗎？」

你搖搖頭。

「看來這次的行動毫無收穫。」他說：「我跟他們倆的談話也沒有帶來任何新的靈感。不過，無論吸血鬼是否該留在嫌疑犯名單上，我們現在都得去追蹤別的線索了。我個人的感覺是，我們應該去調查弗蘭肯芬家，然而調查的順序還是由你來決定。」

你還在思考剛剛爬窗戶時看到的景象。修伊手上拿的是不是你們正在尋找的目標？又或者老闆說的才對，你應該把注意力放在弗蘭肯芬博士身上？到了這階段，只要一個錯誤的決定，就會影響整個調查結果……

？你要順從老闆的直覺，前往弗蘭肯芬博士家嗎？

前往第148頁

和弗蘭肯芬對質

？又或者你要告訴克勞斯剛才的發現，並且立刻前往嚎嚎家呢？

前往第122頁

大聲「嚎」叫

陰森彼特披薩店

避風鎮的多數餐廳都會因為哥布林的造訪而立刻毀滅，不過陰森彼特披薩店已經非常習慣了。這家店位於小鎮的暗影區，餐廳老闆是骷髏，來用餐的客人則是五花八門的奇特生物。

「歡迎來到陰森彼特披薩店！我是東尼，你可以叫我『骨骨東尼』，我是你們今天的服務人員。」在門口迎接你們的骷髏說。

克勞斯說：「我真的很希望能在這裡用餐，可是我來這裡是為了找扁扁阿嬤和她的孫子們談談。」

如果這位服務生臉上有血色的話，一定會在這一刻變得慘白。他激動的說：「拜託你告訴我，你是來把他們帶走的！」

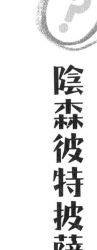

「為什麼這麼說？他們做了什麼事嗎？」

「你應該問的是他們還有哪些事沒做過！他們咬家具、用長棍麵包互毆，又拿麵糰到處亂扔……現在呢！如你所見，他們正在追趕我們的骷髏員工。」

一名哥布林小男孩從桌上跳起來，抓住燈罩，左右猛力晃動幾次之後，整個電燈終於從天花板掉到桌上，摔個粉碎。

克勞斯同情的拍拍東尼的背，接著你們往哥布林一家走去。

葛恩多和葛諾菈正大打出手，扁扁阿嬤則努力阻止他們，「你們兩個為什麼每次都要互相捉弄？」她一邊怒吼，一邊抓起一罐番茄醬噴在兩人臉上。

「我還真猜不出來他們倆的個性是遺傳了誰。」克勞斯喃喃自語。

扁扁阿嬤說：「喔！是你啊！還有你的安靜小跟班。你們找我做什麼？」

「跟之前一樣，我想找出真相。」克勞斯說：「葛恩多、葛諾菈，如果你們知道任何關於怪物製造機消失的線索——我很肯定你們確實知道一些事——那麼現在就是全盤托出的好時機。」

「哇！整盤端出？又有食物可以吃了嗎？」葛恩多說。

「有食物可以吃？」葛諾菈重複道。

「有食物可以吃？」其他哥布林小屁孩也學他們說話，並且四處奔跑大叫，場面越來越混亂。

「安靜！」這個聲音來自廚房門口。那裡站著一位頭戴廚師帽的骷髏，他右手拿著擀麵棍，正一下一下敲打著只有白骨的左手掌。他大喊道：「聽好了，扁扁一家！這是一間聲譽良好的餐廳，如果你們無法遵守這裡的規矩，就必須立刻離開。

不准啃桌子、不准尖叫、不准四處蹦跳、不准惡作劇，還有絕對不准亂舔！現在通通坐好，把你們的披薩吃掉！」

小哥布林們跳回自己的座位，開始把披薩碎片塞進嘴巴裡。

「謝謝你們的合作。」廚師總算安心的走回廚房。

「葛諾菈，請回答一個問題就好。」克勞斯趁機問道：「你們為什麼要偷怪物製造機？」

「你怎麼知道？」她愣了一下。

「葛諾菈！」葛恩多抱怨：「他本來根本不知道，你說了之後他就知道了。」

「啊！抱歉。」葛諾菈說：「最先偷走機器的不是我們，我們是後來才偷的。」

「不要再說了！」葛恩多抓住姐姐的手，企圖阻止她，「別忘了你手上的……天哪！你手上的字被抹掉了。可是我們已經答應那個人了，哥

布林的承諾就是神聖的承諾。」

「我以為神聖的承諾是精靈專屬。」克勞斯說。

「他說得沒錯，精靈的承諾才是神聖的承諾，哥布林說的通常都是謊話。」扁阿嬤說完後轉頭看向你和克勞斯，「你已經問完問題，也從我的哥布林孫兒嘴裡得到夠多答案了。然而在取得證據之前，你不能把這件事全部推到我們身上。怪物製造機現在不在我們手裡，你們可以走了。」

你還想追問更多細節，可是老闆堅定的將手按在你的肩膀上，你知道是時候離開了。

你們走出餐廳時，克勞斯正在大嚼披薩。你不確定他是從哪裡拿到這片披薩，不過食物使他恢復了活力，興奮之情表露無遺。

他說：「看到這片披薩了嗎？即使我沒有吃到一整塊完整的披薩，我卻可以推測出那塊披薩原本有多大、是什麼口味，還有主廚加料大不大方。我可以告訴你，那塊披薩的哪一側被放在烤箱中比較熱的位置太久了，我甚至還能猜出是誰點了那塊披薩。」

他又咬了一口披薩。

「可是，就像我們現在調查的這個案子一樣，你花越長時間去拼湊線索，你就越難看清整件事的全貌。」他把剩下的披薩通通塞進血盆大口裡，「換句話說，我們最好去找清單中的下一位嫌疑犯。」

你的回答：

?「接下來我們可以去找幽靈拉娜。」

前往第127頁

不眠不休

?「我覺得我們最好去找怪迪談談。」

前往第154頁

或許是怪迪

大聲「嚎」叫

雖然天還沒黑，但在你們繞過轉角，走進嚎嚎一家住的那條死路時，你注意到圓滾滾的月亮正從一朵雲後方探出頭來。你一直認為狼人只會在夜晚出沒，可是如果白天就能看見滿月，他們會不會變成狼人呢？

克勞斯安慰焦慮的你，「別擔心，我會保護你的安全。不過，若你注意到嚎嚎太太和她兒子有什麼不一樣，也不要太驚訝。」

每當遇到這種時候，你總會慶幸自己的老闆是一位四肢粗壯如巨木、身高兩百一十公分的雪怪。他把一隻手臂搭在你的肩上，害你差點一個踉蹌跪倒在地，接著他用另一隻手敲了敲門。

「呃……現在不太方便。」你聽到嚎嚎太太的聲音傳來，而她沒有開門。

克勞斯說：「我和助理只需要和你們談兩句話就行了。我們已經花了一整天的時間追查怪物製造機失竊案，有些問題想問你們。」

嚎嚎太太來回做了幾次深呼吸後，才終於打開門，可是她沒有把扣在門上的鍊條拿下來。她的雙眼仍然是人類的樣子，眼神卻充滿了狂野又迫切的光芒。她的鼻子不停抽動，嘴角流出一絲口水。她抬手把口水擦掉。

「不好意思。」她說：「現在已經很晚了。」

克勞斯說：「我們理解你們的狀況。抱歉，只需要一點點時間就好。」

她關上門。有那麼一瞬間，你以為她一定會給你們倆吃閉門羹，然而她拿下了門上的鍊條，敞開大門。

相較於你上次在學校看到接小孩的她，其實外觀沒有太大的變化，只不過現在她亂蓬蓬的頭髮和不斷抽動四肢的舉動，透露出滿滿狼味。

你注意到她雙手皮膚下的搏動，好像有什麼東西正試著從毛孔下方冒出。她痛苦的把雙手插進頭髮裡，蹲在地上。等到這陣痛苦過去，她才站起身，邊整理儀容邊說：「抱歉，是因為月……月……月亮，你們懂的。雖然我們要等到天黑才會開始轉變，可是月……月亮已經是滿月了，所以現在的狀況有點微妙。」

「嚎嚎太太，請問你兒子在哪裡？」

「在樓上，能不能請你們不要打擾他。這種變化對於幼狼來說比較辛苦，他們還不習慣……慣……」她努力集中注意力，「對孩子來說，這種改變是很複雜的，隨著年齡增長，我們才會逐漸習慣。」

「我能理解，而且他在學校受到霸凌，一定過得很辛苦。對於每個月只有一天能融入班上同學的孩子來說，上學真的不容易。怪迪常嘲笑這件事，對嗎？」

「我不知……道……」嚎嚎太太回答。你聽見樓上傳來重重的關門聲，你的老闆看了你一眼。此時，嚎嚎太太正飽受痛苦折磨，暫時沒辦法做任何事或說任何話。克勞斯趕緊抓住機會，三步併成兩步的跑上樓，跑得比較慢的你只

能緊跟在他後方。

才走到一半，你就感覺到有東西抓住你的腳踝。你一腳踩空，順著鋪了地毯的樓梯向下跌落。你伸出雙手亂抓，想要減緩下滑的速度，但腳踝上的那隻手繼續把你往樓下拉，你的下巴重重撞上每一階樓梯，使你痛不欲生。你抬起頭，看到克勞斯已經抵達階梯頂端了。嚎嚎太太在你身後，她放開你的腳，手忙腳亂的整理開襟毛衣的鈕釦。

「他跑走了。」克勞斯說：「他是從窗戶跳出去的。」

嚎嚎太太語氣粗魯的回答：「這有什麼好奇怪的？索斯塔先生，你到底有什麼地方搞不懂啊？我們是狼人，現在天上的月亮是滿月，從窗戶跳出去跑走並沒有犯法。請你們立刻離開！」

克勞斯沒有反對，任由嚎嚎太太把你們趕出大門。

「你還好嗎？」克勞斯問。

你點點頭。雖然有瘀傷，不過你以前遇過更糟的狀況。

克勞斯因為無需表現出深切的同情而鬆了一口氣，「那就好。剛剛的每件事都很可疑，可是我覺得我們看到的只是嚎嚎太太的母性。」

你搓了搓下巴。你可不只是「看到」她的母性，還親身領教過。

「狼人有時非常保護自己的幼獸。」克勞斯繼續說道：「不過，修伊為什麼要突然逃走？接下來我們又該追蹤哪一條線索呢？」

這是個好問題，你很慶幸克勞斯沒有提議要去追修伊。你一點也不想要在滿月時追捕狼人，無論天黑與否，你都敬謝不敏。你看向手上的清單，有兩個名字吸引了你的目光。

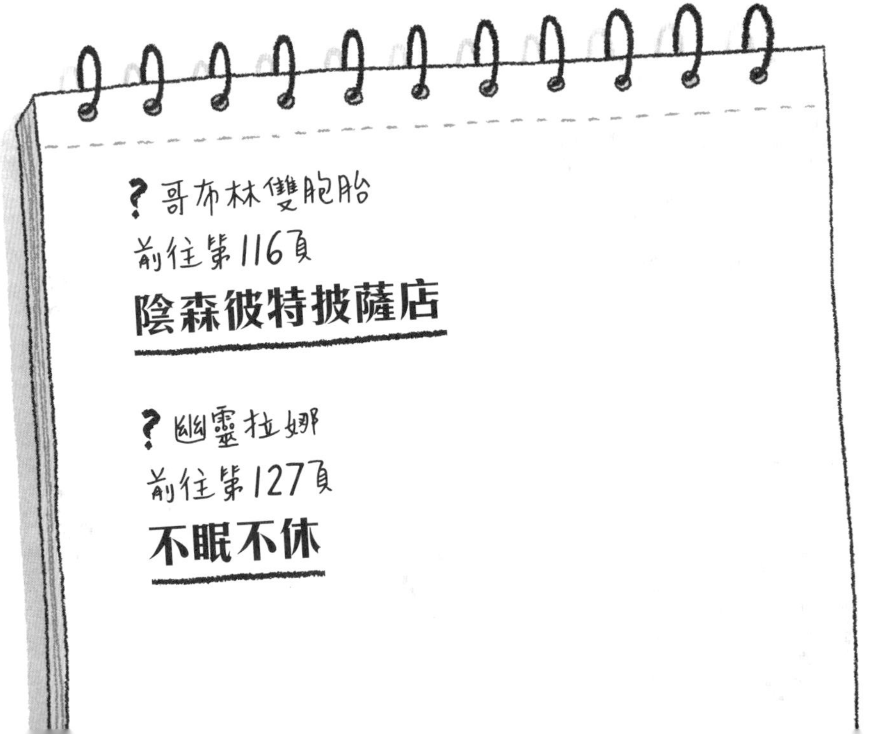

?哥布林雙胞胎
前往第116頁
陰森彼特披薩店
?幽靈拉娜
前往第127頁
不眠不休

不眠不休

「幽靈是一群病態的生物。」克勞斯在避風鎮墓園的入口停下車。雖然還沒入夜，天色卻已經轉暗了，墓園周遭的大樹散發出陰鬱不祥的氛圍，讓克勞斯忍不住說：「即使我死後變成幽靈，也不想在這附近徘徊。」

雪怪鬼的念頭令你覺得有點好笑又有點嚇人。你很高興老闆現在仍活蹦亂跳，站在他身邊給了你無比的安全感。

你們下車時，一朵雲正好往旁邊移動，露出了滿月。一陣風吹來，你感到寒冷刺骨。你打了個冷顫，華生也不斷抖動，並發出一陣陣低鳴，看來你不是在場唯一覺得害怕的生物。附近樹籬中忽然傳出某個東西匆匆跑過的聲音，讓你和華生都嚇了一大跳。

克勞斯說：「可能只是老鼠或幽靈，或是老鼠鬼。不管，該出發了！」

克勞斯拉動入口的鐵門，輕而易舉的扯斷了鎖門用的鐵鍊。你跟在他身後，沿著石子路走進墓園。

「你們是入侵者，你們入侵了我們的地盤。」一個嘶啞的聲音說道。

你看見微微發光的人影從墓碑後冒出來。

「拉娜。」克勞斯說：「你應該知道這座墓園是公共財吧？」

「他們每到晚上就把墓園鎖起來是有理由的。」拉娜說：「唯有這個時候，我們這些幽靈才能獲得一點點安寧。」

在她說話時，你注意到附近四處都是幽靈——他們平躺

在地上、倚靠在墓碑上或躲藏在陰影裡。

「這些石頭就是我們的床鋪。」拉娜說。

「我不認為你們有辦法睡覺。」克勞斯說。

「至少，我們可以『安息』。」拉娜嘆息道。你看向她的墓碑。

克勞斯問道：「你很久以前就已經死……呃，過世了。為什麼現在還要去上學？」

「那麼你覺得我該如何消磨這大把時光呢？」

拉娜．麥卡比沉眠於此
西元1845～1852年
英年早逝

她厲聲回答：「去海灘度假？學跳探戈舞？看重播的老掉牙喜劇？呿！我變成鬼之後去上學，是因為我還活著的時候也在上學。」

「英年早逝。」克勞斯喃喃道：「不介意的話，可以請問你是怎麼死的嗎？」

「如果可以，我不想談這件事。」

「我們的工作就是提出問題，況且現在我們得破解這個謎團。」

拉娜嘆了一口氣，聳了聳肩，才緩緩道來：「那時還是傍晚，我在家裡玩洋娃娃。我有一個非常可愛的洋娃娃屋，我覺得他也喜歡那個洋娃娃屋，所以才被吸引過來。」

克勞斯問：「他？他是誰？」

拉娜似乎聽見了問題，但她沒有回答，只是自顧自的說：「那個年代，人們沒有鎖門的習慣，因此他只要轉動門把，就能走進我家。那時他指著洋娃娃屋，說：『家——』。」拉娜露出憂傷的微笑。

「弗蘭肯芬家族製造的第一隻怪物！」克勞斯恍然大悟，「我們都知道你去世的那天晚上，那隻怪物活了過來，卻沒有意識到……」

她接著說下去：「是它奪走了我的生命，弗蘭肯芬家所有人都該被詛咒。我真

希望他們從來沒有製造過任何怪物……只有怪迪除外，他是個好孩子。」

克勞斯深吸了一口氣，然後問：「拉娜，是你偷了怪物製造機嗎？你是不是為了報復而把機器偷走？」

拉娜哈哈大笑。她抱著肚子，笑得彎下腰。

「什麼事情這麼好笑？」克勞斯問。

「你以為我會等上兩百年，現在才偷走那臺怪機器作為報復？哈哈哈！真是太荒謬了！」

「再荒謬的事也可能是真相。」克勞斯說。

「好吧！我沒偷。偷走機器的人不是我。」

克勞斯說：「那就請你提供一些值得追查的線索。我很難相信你在捉迷藏那段時間什麼都沒看到。」

「唉！好吧！我從牆壁裡看到怪迪拿著一個東西回房間。」

「你之前為什麼不告訴我？」

「我跟你說過了，無論怪迪的身分是什麼，我都喜歡他。負責找出犯人的是你們，不是我。不過，我認為犯人比較有可能是女巫。你知道她們在製造怪物，對吧？好了，現在請離開這裡，還我一個清靜。」

拉娜在她的墓碑前坐下，用手撐著臉。你看不出來她的臉頰上是不是掛著淚水，又或者那只是墓碑的溼氣穿過她透明的皮膚所造成的錯覺。

「我們該走了。」克勞斯說。

你很難過拉娜至今仍為自己的死感到憂傷。你們走出墓園，回到瑟瑟發抖的車上。

接下來，你們該去哪裡呢？

？你們該去拜訪女巫嗎？
前往第133頁
米可鳥姐妹的怪物

？又或者你們該去找怪迪談談？
前往第154頁
或許是怪迪

米可鳥姐妹的怪物

你們開車抵達布莉姬・米可鳥和火娜拉・米可鳥停放露營車的空地，可是車子不在這裡。

克勞斯說：「她們一定是開到鎮上去販售食物了。我們只能繼續在小鎮到處找找，直到發現她們為止。」

克勞斯讓華生穿越暗影區的大街小巷，尋找露營車。在這段時間，你只覺得腦袋嗡嗡作響，不確定該思考哪件事才對。儘管你已經有一些理論和想法了，卻發現每當你認定某個嫌疑犯是犯人時，又會出現另一個感覺更可疑的嫌疑犯，讓你遲遲無法結案。正如克勞斯所說，每個人都有想要隱藏的事情，每個人都可能在說謊，有人撒的是彌天大謊，有人說的只是無傷大雅的小謊。如果你能找到關鍵線索，那麼到了最後，所有謊言都會被揭穿。

你們終於在布羅克利傑克劇院外面找到露營車，上方有一張海報寫著：

不死的樂趣
小丑的生與死
今夜限定

「嗯！有意思，兩組嫌疑犯同時出現在同一個地點。或許這只是巧合，也或許他們之間其實有勾結。」

你打開筆記本，翻閱先前有關小丑和女巫的紀錄。不過現在可不是慢慢思考的時候，你們有一些緊急的問題要問女巫。

你們頂著綿綿細雨往露營車走去。車門是開著的，女巫用細桿在出餐窗口上方架起了遮雨棚。車子旁邊擺著一塊黑板，用紅色粉筆手寫的菜單字跡歪歪扭扭：

A. 熱狗~~蛙~~與薯~~死~~條
B. 洞裡的毒蟾蜍
C. 純素肉排

D．樹瘤和驚喜

E．套菜B

你訝異的看到一位巨大笨重、頭戴浴帽的怪物站在出餐窗口，正等著幫你點餐。

克勞斯說：「你好。今天有什麼推薦的餐點嗎？」

「餐——點。」怪物重複道。

「純素肉排是什麼？」

「純素——」怪物說。

「對，純素。」你的老闆看起來有些不耐煩。

「純素——素——」

布莉姬冒了出來，把怪物推到一邊去。

「唉！你真是個沒用的笨蛋，去那裡刷鍋

子。」她轉過身繼續招呼客人，「包利斯是想告訴你們，純素肉排的成分是低溫慢烤的素食者……喔！索斯塔，是你呀！」

「沒錯，正是我。套菜B又是什麼？」

「什麼？」布莉姬看了黑板後怒吼：「火娜拉，你這個沒用的老笨蛋！」

另一名女巫從窗後冒出來，「你和我半斤八兩啦！做什麼？」

「這個不是套菜B，應該是套餐B才對。」

「套餐B是什麼意思？」火娜拉疑惑的看著黑板。

「洞裡的毒蟾蜍。」她的妹妹回答後，把她拖回露營車裡。

「所以說，餐點E等於套餐B。」火娜拉再次確認。

「沒錯。」

「喔！好吧！我之前沒弄懂這件事。」

「套餐B——」怪物拿起一條髒兮兮的抹布往車外移動。

怪物慢慢的走出露營車，你們可以清楚看見他的全身。他大約和克勞斯差不多高，差別在於你老闆頭上的毛直直豎起，而包利斯的頭頂則藏在浴帽下。你靈機一動，快速搶走他手中的抹布並丟在地上。

「抹布——」包利斯呻吟著彎下腰去撿。他彎腰的動作看起來不太靈活，可以推測出他還不習慣這副身軀。浴帽往下一滑，包利斯站起身把它戴好，雖然時間很短，不過你已經看到浴帽下藏著什麼——一頭亮紫色的頭髮。

你和老闆對望一眼，他也注意到了。

布莉姬問：「所以說，你到底想做什麼？如果你不點餐……」

你們還來不及回話，劇院的門就打開了，一小群吵鬧的觀眾湧出大門，是你原本就預期會在暗影區看到的各種生物。

「我的天啊！今天的表演可真是夠敷衍的！」一名穿著毛皮大衣的女吸血鬼皺著眉說。

「敷衍？我看他根本連敷衍都算不上吧？是不是該叫計程車了？」一名小魔鬼說，他掏出一支幾乎和口袋一樣大的手機。

在他們身後，兩名看起來已經死透的小丑跌跌撞撞、手挽著手靠在對方身上走出來，正親密的說話。

「糟糕透頂。」其中一位小丑說。

「邦果，這簡直汙辱了小丑這門藝術。」另一位小丑說：「我在想，他是不是偷了你的化妝術？」

「他確實偷了我的化妝術，主要是臉頰彩繪的部分，不過他並沒有因為偷了這個技術而得到好處。老實說，這場表演真是太恐怖了。你知道他看起來像什麼嗎？賓果。」

「快把答案說出來，邦果。我已經知道你想說什麼了，可是我想聽你親口說出來，快點！」

「他看起來就像假裝自己是喪屍小丑的活小丑。」

另一名小丑用戴著巨大手套的手拍了拍朋友的手臂大笑，「沒錯，正是如此！真是太令人失望了。」

克勞斯低下頭，小聲的在你耳邊說：「真有意思，對吧？殭殭或許不是全世界最棒的演員，卻至少應該扮演好『喪屍』這個角色才對。」

一群觀眾聚集到女巫的露營車外，他們一邊點餐一邊大笑，大多數都擋在你們和車子之間。你們已經準備好要質問女巫姐妹有關怪物頭髮的事情了，然而這時候你突然懷疑，殭殭會不會也牽涉其中？

「你覺得呢？」克勞斯問：「我們該去找殭殭，還是在這裡等女巫忙完？」

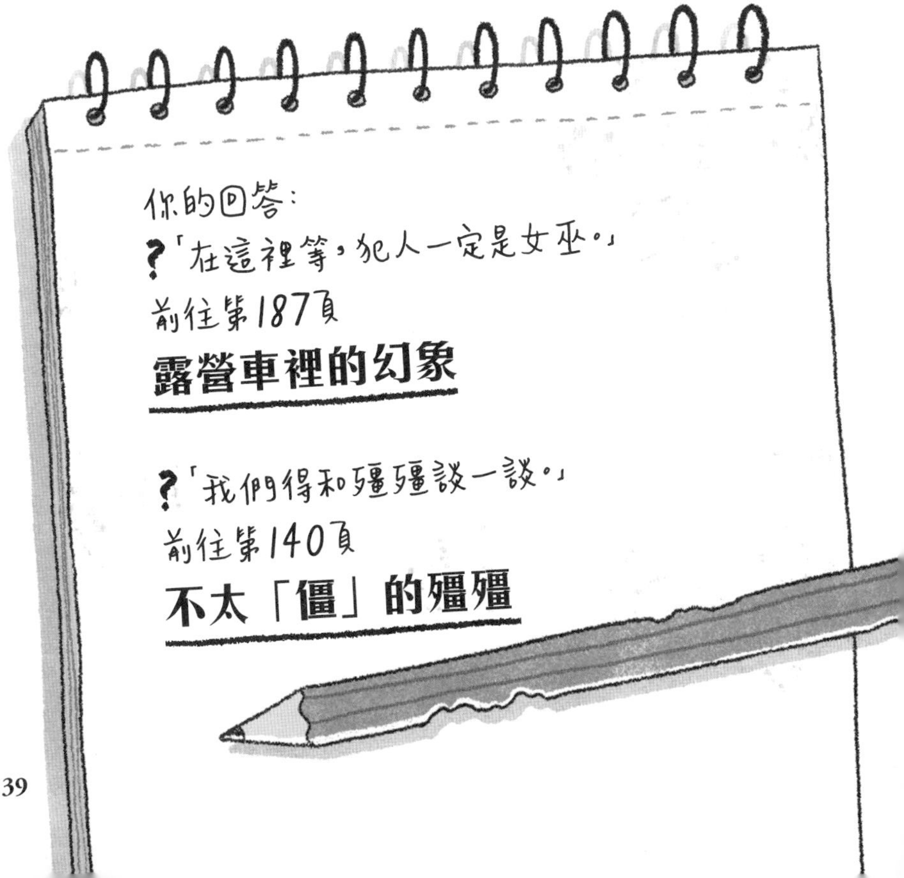
你的回答：

?「在這裡等，犯人一定是女巫。」

前往第187頁

露營車裡的幻象

?「我們得和殭殭談一談。」

前往第140頁

不太「僵」的殭殭

不太「僵」的殭殭

你們找到喪屍小丑殭殭時，他正坐在化妝間裡。他的獨角戲結束了，從他臉上的表情和觀眾的評論判斷，這場表演並不成功。他盯著鏡中的自己，面前擺著一束凋零的花。

「你知道身為老牌表演者，最困難的是什麼嗎？」他說。

「缺錢？」克勞斯猜測。

「不，不是缺錢，也不是面對各種不確定和數不盡的拒絕。最困難的是承認這個世界是對的，我永遠都不夠好。」

克勞斯說：「你不需要對自己那麼嚴苛，只不過是一場失敗的表演罷了。」

小丑用誇張的語調說：「更正確的說法是——失敗的職業生涯。我這輩子都在

一個又一個糟糕的決定之間起起落落，就像色彩繽紛的彈珠臺一樣。如今我往下掉落，越過最下面的彈板，墜入無盡深淵。我沒有得到任何人的關愛，而且……」殭殭從口袋裡拉出一條大花點手帕擤鼻子，「沒有任何人注意我。」

「你未來會遇到轉機的。」克勞斯聽起來是真的關心他。

殭殭口袋裡的花探起頭來，他幾乎揚起微笑，又隨著那朵花垂下頭，他的笑容也消失了。

「不，我不這麼認為。我覺得自己已經找到答案了，只是仍感到恐懼。我會不會在做出另一個糟糕的決定？」

「你找到的答案是什麼呢？殭殭，你做了什麼事？」

小丑拿起那束凋謝的玫瑰。

「邦果今晚也在觀眾之中，他見證了我的失敗。我敢說，他想必非常享受這場表演的每一分鐘。」

「邦果就是那個指控你偷了他的臉的小丑。」克勞斯說。

「沒錯。」殭殭憂傷的說：「我覺得自己是個傻瓜。我當喪屍小丑那麼多年，卻從來沒有真正接受現在的樣子，反而希望成為過去的自己。」

「我聽不太懂。」克勞斯說。

殭殭拿起一塊海綿，開始卸除臉上的彩妝，「是這樣的，我一直以為支撐著我的是復活。我看著那些活生生、能呼吸的小丑，希望能獲得他們的生命。」

「那麼……你把他們殺了嗎？」克勞斯問。他的聲音聽起來有點緊張，似乎擔心這場調查即將轉往更糟的方向。

殭殭哈哈大笑，「喔！天呀！當然沒有。我不是這個意思。我是想要變得跟他們一樣。」他用海綿擦拭眼睛周圍，化妝品彷彿色彩鮮豔的黏糊河流，從他的臉上滑落。「我想要活過來。」

「呼！」克勞斯看起來鬆了一口氣。

「所以我才會拿走怪物製造機。」他拿起一條毛巾擦拭整張臉。毛巾落下時，你注意到他的臉上不再是灰色的腐爛皮膚，而是有光澤的粉色肌膚。殭殭是活人。

他輕而易舉的脫掉紅色假髮，露出一頭顯眼的亮紫色短髮。

「你用怪物製造機讓自己復活了。」克勞斯說。

「對。」憂愁的小丑回答。

「是你從博士的屋裡拿走機器的嗎？」

小丑說：「喔！不是我。我一開始甚至不知道有這種東西的存在，是看到哥布林雙胞胎把機器偷走，我才發現的。」

「你親眼看到哥布林雙胞胎把機器偷走？」

「是啊！我看見他們偷偷把機器帶出去。當時我不知道那是什麼，於是跑去問女巫……」

「布莉姬．米可鳥和火娜拉．米可鳥。」克勞斯說。

「沒錯，她們告訴我那臺機器的功用。我認為我的機會來了，所以跟蹤哥布林雙胞胎回家。我當時打算等他們離開，再把機器偷走，想不到就看見小狼人溜進哥布林家，離開時還帶走了怪物製造機。因此，我重新計畫要偷闖進狼人家把機器拿走，卻一直找不到適合的時機，這可真是急死我了，畢竟小丑的專業就是拿捏好時機啊！」

「那個時機是什麼時候出現的？」克勞斯問。

「接近傍晚的時候。小狼人把機器拿出門使用，我不知道他用那臺機器做了什麼，他用完之後，我就馬上把機器拿走了。」

「所以你已經達成目的了。你活了過來，只是似乎沒有很開心。」

「這根本就是一場悲劇。」小丑重重嘆了一口氣，「直到今晚我才發現，對我來說，保持死亡其實比較好。真正的喪屍小丑是有價值的，假裝自己是喪屍小丑的活小丑不過是個笑話……這個笑話甚至超級難笑……」他捧起玫瑰，開始哭泣。

「那麼，怪物製造機在哪裡呢？」

「啊！就在那裡。」殭殭拉開桌巾，向後退了幾步。你看向桌子下方，以為會發現怪物製造機，可是那裡什麼也沒有。

「你在玩什麼把戲？」克勞斯問。

殭殭的表情看起來和你一樣困惑，「這是怎麼回事？在我表演之前，機器明明放在這裡。」

這時，你看到了一個東西。梳妝臺上有一個被推到角落的食物紙袋，看起來像是吃到一半的熱狗。克勞斯順著你的視線望過去，也發現了那個紙袋。

「這是在哪裡買的？」克勞斯問。

殭殭說：「是那兩名女巫在開演前拿進來給我的。這是我在重生之後吃的第一份食物。老實說，沒有比大腦好吃多少。」

克勞斯轉向你，說出了你心中的想法：「怪物製造機一定是被女巫拿走了。」

你立刻邁開步伐，跟著老闆跑到街上，把殭殭留在原地。女巫的露營車已經關上門，遮雨棚也收好了。笨重的紫髮怪物拿起黑板，正要扛進車裡。布莉姬看到你們逐漸逼近。

「快點進來！」她對怪物大喊：「火娜拉，開車！」

怪物走進露營車，女巫立刻發動引擎。

「等一下！」露營車迅速駛離，克勞斯追在後面大喊。

「抱歉！」布莉姬大叫：「我們還有另一份外燴工作要做。」

「停車！你們這兩個小偷！」克勞斯高聲喊道。你們兩人沿著柏油路追著露營車狂奔，但由於車速逐漸加快，最後只好放棄追趕。你氣喘吁吁的把手靠在垃圾桶上，突然注意到裡面有個東西。你伸手把它拿出來，那是一個布滿齒輪、外觀像縫紉機的機器。你仔細檢查，發現上面有幾根紫色頭髮。這一定就是你們在尋找的目標——能夠製造怪物和使喪屍復活的怪物製造機！

「你是不是找到了什麼東西？」克勞斯問。

你抬起頭對他微笑。

他從你手中接過怪物製造機。

「看來她們倆用不著它了。」克勞斯一邊仔細檢查機器，一邊說：「如果我們的調查結果沒錯，那麼拿走怪物製造機的犯人依序是哥布林雙胞胎、狼人、喪屍小丑，最後是女巫。」

儘管你們有很多資訊需要消化，不過你很開心你們解決了案件，終於可以把機

器物歸原主了。

「做得好。」克勞斯的鼓勵像是一杯溫暖又甜蜜的熱巧克力。他不是個過度熱情或表現浮誇的老闆，其實你也只需要這句話就足夠了。你盡責的扮演好你的角色，並找到了怪物製造機，你做得很好！或許你還無法弄清楚今天發生的每一件事情，可是你已經解決這個謎團了。

恭喜結案！

你完成了三種結局中的
其中一種。
前往第198頁
這就是結局？

和弗蘭肯芬對質

克勞斯大口咀嚼你遞給他的三明治。儘管你也覺得餓，可是緊張得吃不下。你們站在弗蘭肯芬博士家外面，等著他來開門。博士是這起案子的委託人，調查結果卻把你們帶到他家門前，所以你有點擔心。接下來，你們真的要指控自己的委託人就是他付錢想抓到的小偷嗎？

過了好一會兒，弗蘭肯芬博士終於打開了門。

「喔！是你們啊！有話快說，我馬上就要出門了。」

你們走進玄關。你看到客廳牆上掛了一整排博士祖先的肖像，每個人都驕傲的站在自己製造的怪物身旁。其中只有年代最久遠的一幅是畫像，其他都是相片。你細細檢視這面牆，發現怪迪的唯一一張照片是放在壁爐上的班級照。

「你們要告訴我有關怪物製造機的最新消息嗎？」弗蘭肯芬質問。

「對，我們已經快要找出真相了。」克勞斯說。

「意思是你們還沒找出真相？」博士質疑道。

「還沒有。」克勞斯承認：「首先，我們有幾個問題想請教。」

弗蘭肯芬博士反問：「問題？你已經提出夠多問題了，你只會一直問問題！我現在只需要你證明布蘭威爾．史托克拿走了我的怪物製造機，並把事情公諸於世，然後把機器拿回來！」

「你想要我公布這件事？」克勞斯一邊重複博士的話，一邊思考。博士的態度很耐人尋味。

「沒錯。要是史托克認為他可以像是跳華爾滋一樣大搖大擺的走進來，從我這裡偷走機器，他可就大錯特錯了！」

「我以為比起華爾滋，吸血鬼更喜歡探戈？」克勞斯說。

「我才不管他跳的是什麼舞！」弗蘭肯芬惱怒的說：「總之，做好我付錢要你們做的事，去調查史托克！」

克勞斯看了你一眼後，緩緩的說：「請你再提醒我一次，你雇用我們的目的究竟是什麼？」

弗蘭肯芬博士說：「我開始覺得擔心了。任何一位稱職的偵探必定都會注意到犯罪現場的蝙蝠大便，也會知道真正的嫌疑犯只有一個：布蘭威爾．史托克。」

雪怪向來以溫和有禮著稱，你不常看到老闆發怒，不過你很清楚他的毛髮豎起代表什麼意思：克勞斯生氣了。

「我對你的大便證據有個問題想請教。」克勞斯說：「布蘭威爾．史托克是一名吸血鬼，而吸血鬼很少犯下的其中一個罪行就是闖空門。你知道為什麼嗎？」

「為什麼？」弗蘭肯芬博士問。

克勞斯說：「因為吸血鬼必須受到邀請才能進入別人家裡。請問你有邀請他進來過嗎？」

博士挪了挪花瓶的位置，露出灰塵積累的痕跡，他用手指抹掉灰塵，支支吾吾的回答：「呃……我已經認識他好一段時間了，我敢說我以前一定有邀他進來過。」

「還有另一個問題也讓我們很困擾。如果你從頭到尾都認定史托克是犯人，為什麼還要雇用我們？」

「你才是偵探吧！不會自己找答案嗎？」弗蘭肯芬博士怒吼。

克勞斯走進客廳，巨大的頭輕輕觸碰了吊燈，讓吊燈在搖晃著回到原位時發出叮噹聲。「你知道我是怎麼想的嗎？我覺得這整件事其實是一場騙局，目的是抹黑史托克。就算怪物製造機現在被藏在這間房子裡，我也不會感到意外。」

「一派胡言！」弗蘭肯芬博士說：「我可不是付錢來讓你指控我的。」

克勞斯反嗆：「怎麼？你擔心我們已經太接近真相了嗎？」

「我不知道你在說什麼。」這段對話使弗蘭肯芬越來越焦慮。

「這個謎團其中一個可能的答案是，你為了摧毀史托克在這場選舉中當選的機會，所以把一切設計得像是竊案，藉由指控他是小偷來捏造醜聞。」

「史托克根本不需要我從中作梗，也會輸掉選舉。」弗蘭肯芬不屑的說。

「沒錯，可是今年和他競選的是你，一名人類。」克勞斯說。

「這名人類擁有創造無數怪物的輝煌歷史。」弗蘭肯芬說。

「你只創造過一個怪物。」克勞斯糾正他。

「等到我把機器拿回來，就會變成兩個怪物了。」弗蘭肯芬博士說。

「即便布蘭威爾・史托克是不受歡迎的光頭吸血鬼，暗影區的居民更不信任人類。我只是想要在此指出，你有可能正試著藉由竊案，把選情推往對你有利的方向。」

弗蘭肯芬博士說：「這純粹是你的幻想而已。我現在必須準備今晚和小偷史托克的辯論了。索斯塔先生，請做好你的工作：找到我的怪物製造機，並讓全世界了解那名吸血鬼不值得信任。」

弗蘭肯芬博士把你們兩人轟出門。離開前，你看到通往樓上的階梯似乎有個身影。原來怪迪正從樓梯扶手往下偷看，紫色頭髮宛如拖把般雜亂。你們對上眼後，他馬上逃走了。

來到屋外，克勞斯轉向你說：「有時候，把你的理論拿去和嫌疑犯對質會帶來很大的幫助，即使這個理論很古怪也沒關係，你可以藉此觀察他們的反應。雖然我還是不相信博士，不過我覺得我們應該去看看哥布林一家在做什麼。還是說，你有更好的主意呢？」

你仍在思考怪迪的事情。他剛才的表情是罪惡感嗎？或者他只是對你們的來訪感到好奇？如果他露出充滿罪惡感的表情，這就足以讓你決定接下來去找他談話。還是你們應該按照克勞斯的想法，去找哥布林一家呢？

? 你同意克勞斯的判斷。是時候去找哥布林一家談談了。

前往第116頁

陰森彼特披薩店

? 不。你很確定博士的怪物兒子知道的事情一定比他之前說的更多。

前往第154頁

或許是怪迪

或許是怪迪

「如果我們想要找怪迪聊聊，應該要挑他爸爸不在的時候，這樣事情會簡單許多。」克勞斯說：「這也代表我們得等到其中一人離開家。」

你坐在車裡，在弗蘭肯芬博士家外面等待。這份工作有一部分職責就是等待和監視。你不介意這些工作，因為你可以趁這個時間思考，重新檢查你的筆記，試著找出這個謎團的答案。

克勞斯注意到冷氣的寒風使你瑟瑟發抖，於是拿出一杯裝了熱巧克力的保溫馬克杯。你用手裹住杯子，享受不斷向上飄升的甜美香氣，然後喝了一口——美味極了！正如克勞斯常說的，雪怪泡的熱巧克力是世界第一。

熱巧克力讓你全身暖洋洋，你沿著座椅往下滑，覺得眼皮好沉重。車上只聽見

克勞斯的呼吸聲，壓不住的疲憊忽然湧出。就在你的雙手逐漸放鬆時，不小心潑灑出一點熱巧克力，讓你瞬間恢復清醒。

「快看，有動靜了。」克勞斯說。

房子的前門打開，弗蘭肯芬博士正要離開。

克勞斯說：「他一定是要去市政廳參加夜間市長的辯論會。把頭壓低，別被他發現。」

你輕鬆沿著座椅往下滑，然而這件事對你的毛茸茸老闆來說沒那麼容易。幸好博士心事重重，沒有注意到你們的車。

他開車離開後，克勞斯馬上說：「好，該我們上場了。華生，待在這裡別動。看到大車的時候不要追它們，也不要對它們按喇叭。」

你們下了車，走到屋前。克勞斯足足按了五次門鈴，怪迪才出現在門後。

「怪迪，一切都還好嗎？」克勞斯問。

「還好，除了我的身高以外。」他憂鬱的回答。

「我們可以進屋嗎？」克勞斯問。

「應該可以。」怪迪說：「只有我在家。你們找到他那臺蠢機器了嗎？」

「快找到了。我們應該已經知道是誰把機器拿走了。」

「嗯……是喔？」怪迪緊張的撥弄著身上的縫線問：「是誰啊？」

「你覺得是誰呢？」克勞斯反問。

「呃……可能是女巫吧？我聽說她們在製造怪物。」

「這件事是誰告訴你的呢？」克勞斯又問。

「拉娜告訴我的。她是幽靈，可以去任何地方。」

克勞斯說：「有意思。但無論女巫有沒有使用怪物製造機，我都不認為拿走機器的是她們。怪迪，你覺得是不是她們呢？」

「我跟你說過了，我不知道。」怪迪越否認，就顯得越沒說服力。

「我們已經準備好接受事情的真相了。」克勞斯說。

「真相……」怪迪無意識的重複。

「是的。」

「但是……」怪迪坐倒在地上，頂著亂七八糟的紫色頭髮，臉上滿是淚水，你忍不住為他感到難過。他並不是什麼精明的犯罪主謀，他只是個小男孩，而且心情很沮喪。

你的老闆也有同感。他用手臂圈住怪迪，給了他一個擁抱。雖然你已經習慣克勞斯的淡定，不過這並不是他第一次在你面前展現同情心。或許他花了很多時間在調查這個世界的陰暗面，可是在那身毛皮之下，仍隱藏著一顆溫柔的心。

你曾多次接受雪怪的療癒擁抱，所以能理解為什麼克勞斯放開怪迪時，怪迪眼裡充滿了淚水。他擦掉眼淚，接著扯了扯臉上的一條線，把眼睛周圍的縫線拉緊。

「我只是渴望其他小男孩也想要的東西。」他說。

「一臺怪物製造機？」克勞斯問。

「我想要長大，想要一個真正關心我的爸爸。」怪迪哭著說：「有時候我甚至很嫉妒修伊。」

「怪迪，修伊可是狼人。」克勞斯提醒他。

「我知道，但多數時間他都只是普通的小孩，也會和其他人一樣慢慢長大。而且，至少他媽媽很關心他。我不但無法長大，我爸根本也不在意我，他比較想製造出那隻愚蠢的惡煞梅塔。」

「所以你才把怪物製造機拿走嗎？你想要阻止他？」

「對。我才不想要什麼怪物媽媽呢！我只希望他好好當一個爸爸。」

「你為什麼會選在生日派對上動手呢？」克勞斯問。

「我想只要房子裡有很多人，他就不會知道機器是我拿走的。我猜他會把錯怪在哥布林雙胞胎頭上。」怪迪回答：「我把機器從實驗室拿走，藏在我的房間。我本來打算馬上把機器放回去。」

「你為什麼沒有這麼做呢？」

「因為我後來回房間時，就找不到機器了。」

「你的意思是說，有人從你的房間把怪物製造機偷走了？」克勞斯說：「這是什麼時候發生的？」

「我猜應該是其他生物在玩捉迷藏時，看到我拿走怪物製造機。」

「你之前為什麼沒有告訴我們這件事？」

「我怕我爸會生氣。」

「我相信他能理解你為什麼要這麼做。你只是想引起他的注意而已，這不是你的錯。」克勞斯安靜片刻，讓怪迪思考他剛剛說的話，接著繼續柔聲問：「你覺得誰有可能看到你拿走機器？後來是誰把機器帶走了？」

怪迪聳聳肩，說：「鮑比說，在派對之後，修伊趁著我和他講電話時把東西偷走了，可是我覺得鮑比只是想讓修伊惹上麻煩。」

「你和修伊其實不是朋友，為什麼還要邀請他來參加派對？」

「我爸說一定得邀請他。我覺得他只是想要修伊的媽媽在這場愚蠢的選舉中投他一票。」

克勞斯點點頭，深思熟慮的摸了摸下巴，「最後一個問題。你希望我把怪物製造機找回來嗎？」

怪迪迷惘的說：「我……我不知道……我爸從不聽我說話。我不想要媽媽，也不想要他成為夜間市長，這樣他能跟我相處的時間就更少了。我只希望他好好當我爸爸。」

他的眼淚再次流下來。

「怪迪，弗蘭肯芬博士的生活動力是對政治的野心和對科學的熱忱，不過他依舊是你爸爸，他很愛你。我覺得你最好的選擇是把你的想法告訴他。」

「他現在在市政廳。」怪迪回答。

「我們可以帶你過去。」

你的老闆轉身看向你。

你們應該載怪迪去找他爸爸嗎？可是你們還沒有找到怪物製造機，或許你們該把注意力轉移到修伊身上。克勞斯在等待你告訴他接下來要怎麼做。

？去找修伊。
前往第161頁
如羔羊般溫順的狼

？載怪迪去市政廳。
前往第168頁
選前之夜

如羔羊般溫順的狼

你們抵達安靜的郊區，來到嚎嚎家，你注意到花園裡四處散落著玫瑰花瓣，木柵欄被獸爪抓得面目全非。

克勞斯下車後深吸一口氣，你看見他胸口的肋骨逐漸隆起，他會這麼做表示他嗅到了某種味道。華生也聞到了，正緊張的準備發動引擎。

「乖車車。」克勞斯溫柔的拍拍華生的引擎蓋，「沒什麼好擔心的。」

你注意到老闆的白毛全豎了起來，你知道他其實沒有聽起來那麼放心。

「我們去調查後花園吧！」克勞斯說。

你跟著他繞過屋子的側邊，發現鄰居家的窗簾動了，你敢說這絕對不是他們第一次觀察到嚎嚎家的異常現象。你們抵達後花園的柵欄外，克勞斯輕而易舉的把柵門拆開。你們走進花園，經過一些乾草叉和單輪手推車，來到柳樹下的一間小屋。屋裡開著燈，裡面傳出東西移動的聲音。

你們謹慎的靠過去。

「狼人偶爾會無法控制自己。」克勞斯說：「所以你盡量避免……呃……試著不要看起來太……太好吃。」

克勞斯笑了幾聲，然後靠在門上傾聽屋內的動靜。你聽見裡面傳來模糊的咆哮聲，可是無法分辨出任何話語。克勞斯輕輕的轉動門把。

「別進來！」嚎嚎太太咆哮著壓住門。

克勞斯更用力的把門往內推，終於推開了門。

眼前的景象完全在你的想像之外。屋裡有兩隻不斷低吼和喘氣的狼，你無法在他們身上找出曾是人類的蹤影，只能從他們的體型和眼睛辨認出來，這兩隻狼是修伊．嚎嚎和他媽媽。不過，更出乎意料的是，嚎嚎太太身上的毛皮是棕色，修伊身上的毛卻是亮紫色。

克勞斯說：「這顏色可真是有意思。修伊，你還好嗎？」

「很抱歉。我只是想融入學校的朋友圈，但你們看看我現在的模樣——樣——

樣嗷嗚……」修伊哭喊道。

「你什麼都不用告訴他們。」修伊的媽媽打斷他，對著你們發出防衛的咆哮。

「如果你能告訴我一些細節，算是幫了我一個大忙。」克勞斯說：「我完全猜不出這一切究竟是怎麼回事。」

「這還用說嗎？我們只是在經歷狼人的每月儀式。」

「原來如此。」克勞斯說完後，撿起地上的一根雞毛仔細觀察，「你們已經出去跑過一圈，是吧？」

「沒錯，我們已經吃過宵夜，準備要在這裡度過剩下的夜晚。」

「你們剛剛一起出門嗎？」克勞斯追問。

「不是，修伊先離開家，我後來才追上他。」嚎嚎太太回答。

「然後你就發現他變成紫色的？」克勞斯興致勃勃的問。

「大概是年齡的關係，許多狼人會在成長的時候變色。」

「他們通常不會變成紫色。嗯……說不定……」克勞斯若有所思的說：「怪物製造機做出來的頭髮能帶來生命，而修伊本來就是活著的……」

「身為狼人真慘。」修伊打斷他，「如果我是喪屍或吸血鬼，在學校就不會被霸凌了。」

「親愛的，別那麼說！狼人一直以來都是暗影區的一分子。」你很熟悉嚎嚎太太的聲音，但當聲音從狼口傳出來，你還是忍不住感到怪異。

克勞斯彈了一下手指，「啊！我知道了。你希望用怪物製造機讓體內的狼活過來，就可以一直維持狼人的模樣了。」

「沒錯。」修伊可憐兮兮的承認：「我只是想要融入同學們。」

「有效嗎？」克勞斯問。

「我們明天早上就會知道答案了。為了修伊好，我希望最好不要有效。」嚎嚎太太一邊說，一邊回頭怒瞪兒子，「如果你覺得身為狼人的生活很辛苦，那麼你最好想像毛髮永遠都是紫色的生活會是什麼樣子！你行動前根本沒有仔細思考後果，對嗎？」

修伊哭著說：「我……我不知道毛會變成紫色。我會變成其他狼人的笑柄！」他在原地繞了幾圈後坐下，用尾巴蓋住自己的鼻子，「媽，我很抱歉……」

「喔！我親愛的小寶貝。」嚎嚎太太輕輕蹭著她兒子的頭，「我不懂，我去載你的時候，你沒有把怪物製造機帶出來呀！」

「這真是個好問題。」克勞斯問：「你是怎麼把機器帶出來的？」

修伊抬起尾巴，用宛如羔羊的溫順神色回答：「我說服哥布林雙胞胎幫我把機器偷出來。我讓他們在捉迷藏成為贏家，他們得幫我把機器帶回地洞。後來，我再去他們家把機器拿回來。」

「原來如此。機器現在在哪裡呢？」克勞斯看向四周。

修伊坦承：「我不知道。我不想在這裡操作機器，因為我媽會阻止我……」

「我當然會阻止你。」嚎嚎太太打斷他。

「所以我今天傍晚把機器拿到公園，等到變身成狼人才行動。我不太記得用完機器後發生的事情。」修伊說。

「狼人變身的時候通常會暫時失憶。」他媽媽補充。

「你把機器留在公園嗎？」克勞斯問。

「對，我覺得當時還有別的生物在公園裡。雖然我非常專心，還是有聞到其他生物的味道。」

「什麼樣的味道？」

「我不知道。聞起來有點有趣……又有一點像已經死掉的東西。」

「有趣又已經死掉了。」克勞斯看向你，「或許是喪屍小丑？」

「索斯塔，你已經花夠多時間質問我兒子了。告訴你另一件事，今晚我在女巫的露營車附近看到了紫色的東西，希望能幫助你找到弗蘭肯芬的怪機器。現在請兩位離開吧！」

「沒問題。」克勞斯大步朝門口走去，卻在開門前停頓片刻，說：「修伊，謝謝你誠實的把這些事情告訴我們。我個人認為你很適合成為這樣的狼人。」

「什麼意思？紫色的狼人嗎？」修伊問。

「誠實的狼人。」克勞斯忍不住噗哧一笑。

你注意到修伊的表情，推了推克勞斯，於是他趕緊補上一句：「紫毛也很適合你，孩子。你看起來超酷！非常獨一無二。」

?接下來你想去找女巫嗎?

前往第133頁

米可鳥姐妹的怪物

?又或者你想要去劇院找殭殭?

前往第181頁

怪物的頭髮

選前之夜

在前往市政廳的路上，克勞斯堅持要先吃點東西。他把華生停在一間看起來非常可疑的烤肉店外面，提議要幫你和怪迪買些食物。你們看了看菜單上油膩的烤肉串、漢堡和薯條，一起婉拒了克勞斯。怪迪一直心不在焉的撥弄著他身上鬆掉的縫線，你看得出來他很緊張。

克勞斯去買食物時，你們兩人坐在車裡等待。怪迪坐在後座，你則坐在前座，直到他傾身向前問道：「可以打開收音機嗎？」才終於打破你們之間的沉默。

你根本不需要按下按鈕，乖狗狗華生一直都在注意聽你們說話。收音機自動打開，主持人的聲音流洩而出。

「市政廳現正進行中的辯論將會決定誰能成為下一任的夜間市長，更多相關內容，有請《異常生物日報》的連線記者格雷琴．泡巴為我們說明。」

「晚安。」一個粗啞的女聲說：「大家都知道，夜間市長的職責是處理避風鎮暗影區的所有大小事務，而這兩位候選人提出的政見簡直天差地遠。布蘭威爾．史托克一如往常的說他會『咬緊牙關』克服所有難題。不過，今年參與選戰的還有一位製造怪物的人類，弗蘭肯芬博士。」

「這真是太精采了，格雷琴！」主持人說：「現場氣氛怎麼樣？」

「非常熱絡。事實上，弗蘭肯芬博士剛才提到他準備揭露一些祕辛，這將讓他在激烈的選戰中勝出。」

克勞斯打開車門，拿著一個裝滿垃圾食物的紙袋坐回駕駛座。

「好，讓我們出發結束這起案子吧！」他說。

他一邊吃一邊開車，這麼做之所以不危險，是因為華生完全可以掌控車子的方向。只是讓華生控制方向時，牠偶爾會停下來嗅聞路燈。

「每個謎團中心都有一個關鍵問題，」克勞斯一邊大嚼垃圾食物，一邊說：「我們不見得能馬上找出來。弗蘭肯芬博士想要我們處理的問題是：『誰偷了怪物製造機？』目前已經知道涉案的不只一人，所以正確的問題應該是：『怪物製造機現在落到誰手上？』」

「答案是什麼呢？」怪迪問。

「我們正是要去尋找答案。到了，下車吧！」

市政廳位於避風鎮暗影區的中心。這是一棟老舊的建築，其中一側裝設了許多有著怪物雕飾的排水孔。如果其中一隻怪物打噴嚏，其他怪物都會生氣的瞪牠。

門口站著一名厭世的巨怪，揮手讓你們入內。

大廳擠滿了人。暗影區的居民排排坐在木椅上，紛紛對著布蘭威爾·史托克和弗蘭肯芬博士發出噓聲、嘶嘶聲、咆哮聲和低吼聲。

兩名政治勁敵正透過辯論一決勝負，獲勝者將成為避風鎮的下一任夜間市長。坐在最前排的是異象警隊的牛頭怪警長達卡，他雙手交疊在胸前，用一雙犀利的大眼緊盯著臺上。

你在觀眾裡發現鮑比·史托克和哥布林雙胞胎，幽靈拉娜則飄浮在空中。你沒有看到嚎嚎一家，畢竟今天是滿月之夜，沒什麼好訝異。女巫和殭殭也沒有出現。你看向克勞斯，他也在掃視大廳。

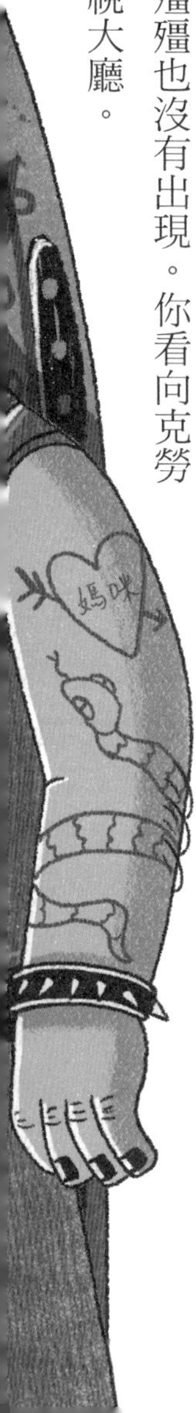

唯一支持弗蘭肯芬
票投史托克!

兩位候選人都盛裝出席。弗蘭肯芬博士穿上全新的實驗袍，史托克則驕傲的展示他的披風和高帽。他們坐在一張大桌子後面，一條髒兮兮的黑色桌巾鋪在桌上。兩人中間坐了一位鬍子長到膝蓋的老巫師，他用巨大的魔杖敲響桌子，高聲喊道：「安靜！請表現出應有的禮儀！」

當然沒有生物理他。直到巫師用魔杖敲擊地板，在建築物裡製造出中度地震，大家才通通安靜下來。

巫師推了推從鼻梁滑下來的眼鏡，說：「謝謝你們。下一個問題很簡單，你們要如何解決電纜線被龍咬壞的問題？弗蘭肯芬博士請回答。」

「謝謝你，丁布比巫師。『光』是我的政見……」

「天啊！你這個無禮的凡人！」布蘭威爾起身怒吼，露出黃色的尖牙。

「請你們保持冷靜。」巫師說。

「哇！這下我們可見識到你的本性了。」弗蘭肯芬博士酸溜溜的說：「一日吸血鬼，終身吸血鬼。請各位把票投給我！」

布蘭威爾不屑的反問：「你？你在這短暫的人生中沒有任何成就，你甚至沒辦法製造出成人尺寸的怪物！」

「現在他開始進行人身攻擊了。」弗蘭肯芬博士說。

「難道你評論我的髮際線就不是人身攻擊？」布蘭威爾說：「在場的先生、女士們，我希望你們能看清我這位競爭對手的本性。你們希望市長是一位整日嘲諷別人的酸民，還是社會的中流砥柱？」

「中流砥柱，是吧？」弗蘭肯芬博士轉向觀眾說：「避風鎮的善良生物們，我今天站在你們面前，是為了帶來一個令人震驚的消息：這個男人是小偷！」

群眾一片譁然。

「安靜，安靜！」巫師再次敲擊他的魔杖，使一大團灰泥粉塵從天花板飄落下來。「弗蘭肯芬博士，你有任何證據能證明這項指控嗎？」

「當然。」博士發現你的老闆也在場，「我今早雇用了一位偵探來破解竊案。克勞斯．索斯塔，請向大家報告你的調查結果，揭穿這個男人的真面目！」

克勞斯氣定神閒的往舞臺走去，他在中途停下來，轉過身看向你，並對你招了招手，說：「你也一起過來。還有怪迪，你也是。」

怪迪顯得極度不情願，你也深有同感，然而你們還是跟在克勞斯身後。所有生物都盯著你們往舞臺的方向走，怪迪已經在發抖了，你也正努力試著穩住自己的雙手，不讓筆記本從手中滑落。

「這種做法實在非比尋常。」丁布比巫師說。

克勞斯說：「沒錯，我很抱歉。事情是這樣的，我接受弗蘭肯芬博士的委託，負責追查怪物製造機從實驗室中消失的案件。」

弗蘭肯芬指著布蘭威爾大吼：「是他偷走的，犯罪現場有蝙蝠大便！」

「那些蝙蝠大便是你自己放的。」克勞斯打斷他。

「你好大的膽子！」弗蘭肯芬博士高聲說。

「你找了獨角獸來打掃哥布林雙胞胎製造的一團混亂……」

「他用可怕的蛋糕毒害我的哥布林孫兒！」扁扁阿嬤坐在觀眾席裡高聲打斷克勞斯。

克勞斯點點頭，繼續說：「重點是，獨角獸清潔公司絕對會清除小偷留下的所有實質證據，因此那些蝙蝠大便——如果那東西真的是蝙蝠大便——肯定是在清潔公司離開後才被放在那裡的。」

「你在胡說什麼？」博士怒髮衝冠的大喊：「真是令人難以置信！」

「我同意你的看法，捏造證據確實令人難以置信。」布蘭威爾高聲說。

「請你們兩位保持冷靜……肅靜！」丁布比巫師揮舞著魔杖大喊，兩人突然被一股吸力拉回座位，手指黏在嘴脣上，看起來暈頭轉向、不知所措。

巫師露出笑容，說：「好了，索斯塔先生，請繼續。我們得先解決這件事，才能繼續接下來的辯論。偷了怪物製造機的是布蘭威爾嗎？」

「不是，他沒有偷怪物製造機。」克勞斯的這句話讓大家瞬間安靜下來。

「那麼這件事到底是誰做的？」丁布比追問。

「這位小偷……或者我該說這些小偷……就在這個大廳裡。」

怪迪咳嗽了一聲，說：「沒錯，我……」

他猶豫了片刻。就在他打算繼續說下去時，鮑比・史托克站起身，說：「是我偷了怪物製造機。」

大廳裡的所有生物都倒抽了一口氣。布蘭威爾・史托克瞪著他的兒子說：「鮑比，坐下！」

「事實上，我找了哥布林雙胞胎幫我把機器從博士家偷出來，並要求他們發誓保密。」鮑比說。

葛恩多和葛諾菈站起來，異口同聲的說：「我們不知道、不清楚、不曉得有關怪物製造機的事。」

「是我教他們這麼說的。」鮑比說。

「沒錯，確實是他教我們的。」葛恩多和葛諾菈異口同聲的承認。

「你偷了怪物製造機，卻沒有告訴我？」怪迪不敢置信的問。

「抱歉，怪迪。」鮑比回答。

「可是，你為什麼要這麼做？」布蘭威爾·史托克問。

鮑比羞愧的低下頭，你注意到他的頭頂閃爍著紫色光芒。你拉拉克勞斯的袖子，他順著你的視線看過去，然後對你微微一笑。

「做得好。」他說。你們終於了解鮑比的動機了。

克勞斯說：「怪物製造機能讓死去的生物活過來。你和你父親身為吸血鬼，都是死去的生物。」

「我最後一次呼吸已經是兩百多年前的事了。」布蘭威爾·史托克對此相當自豪。

「沒錯，只是你兒子的死亡時間沒有你那麼長。事實上，鮑比，你希望自己活過來，對嗎？」

鮑比忍住眼淚，但你知道這句話觸動了他心中的煩惱。克勞斯的話一針見血。

「我不明白。」布蘭威爾不可置信的說：「你來自代代相傳的吸血鬼血脈。我是死的，你祖父是死的，你祖父的爸爸也是死的。」

「我很抱歉。」鮑比啜泣著說。

「等等，你的意思是，這個男孩覺得他可以用我的機器讓自己活過來？」弗蘭肯芬博士問。

鮑比說：「我試過，但失敗了。」

「你說什麼？」提出這個問題的是布蘭威爾．史托克，然而你看得出來，大廳中的所有生物都有相同的疑問。

「我只是想要變正常。」鮑比承認：「我想要成為人類。」

「喔！我的孩子……」布蘭威爾震驚得說不出話。

「我也是。」怪迪說。

「我……我從來不知道你會那樣想。」弗蘭肯芬博士說。

你環顧整個大廳，不知道有多少生物也抱持著同樣的想法。身為人類，你當然可以告訴他們，即使成為人類也不代表你一定能融入群體中，不過現在不是開口的好時機。

克勞斯說：「也就是說，你們之所以會嘲笑狼人修伊多數時間都很正常，其實是因為你們嫉妒他。」

鮑比沒有回答，然而你能從他的表情看出，克勞斯又說對了。真希望修伊也能在場見證他們的心聲。

「所以機器現在在哪裡呢？」丁布比巫師問，他看向自己的手錶。

「在我這裡。」鮑比彎下腰，拿出他藏在椅子下的東西，並高高舉起。那是一個布滿齒輪、長得像縫紉機的機器。

「我的怪物製造機！」弗蘭肯芬博士大喊。

「我本來想把機器還回去。」鮑比低聲說：「很抱歉我把機器拿走了。我真是太笨了，這麼做很自私，而且也很……」

「很人類。」布蘭威爾．史托克說：「暗影區的諸位生物，儘管吸血鬼已經死了，但仍擁有心，只不過我們的心不會藉由跳動輸送血液。」

「我真是不敢相信……」弗蘭肯芬博士說。

「什麼？」布蘭威爾問。

「他想要利用孩子來博取同情！還有什麼能比這個人的行為更無恥嗎？」

「我？」布蘭威爾反駁：「我可是受害者。」

「你？我的東西可是被你兒子偷走了呢！」弗蘭肯芬博士大聲說。

「你之前想偽造證據誣賴我！」布蘭威爾大吼。

「或許我們該回到辯論主題了。」丁布比巫師提議。

「沒錯，我對排水溝有個疑問。」大廳後方的一名人魚說。

除了人魚之外，其他生物也紛紛舉起手，高喊著他們迫切想解決的問題和麻煩。

克勞斯伸出手，帶你離開市政廳。他說：「做得好。雖然最後遇到了一些轉折，但幸好找回了怪物製造機，也弄清楚有誰拿走機器。該走了，以免這團混亂變得……」他停頓片刻，看向充滿憤怒生物嘶吼的大廳，「……變得更糟糕。」

你完成了三種結局中的
其中一種。
前往第198頁
這就是結局？

怪物的頭髮

你們站在布羅克利傑克劇院外，殭殭今天晚上會在這裡表演，你們來這裡是為了查明他和怪物製造機竊案之間的關係。女巫的露營車就停在劇院外，她們正在販賣食物和飲料給離開劇院的觀眾。

「我還真不知道，原來喪屍小丑可以死在舞臺上。」最後一批觀眾的其中一位拿起女巫販賣的滾燙肉湯，一邊說著。

等到人群散去，筋疲力盡的兩位女巫癱坐在露營車外的帆布躺椅上。她們的巨大怪物正在清掃掉落在地上的食物和垃圾，他看起來和女巫一樣骯髒凌亂，頭上的浴帽往後滑落了一點，露出一簇紫色頭髮。

克勞斯轉向你說：「我們是來找小丑的，可是我們或許發現新線索了。」

兩名女巫顯然使用了怪物製造機，才成功讓這隻怪物活過來，這點從怪物的頭髮就能看出來。無論你們對殭殭抱有什麼疑慮，都應該先和女巫談談。

「過去時謹慎一點。」克勞斯提醒你，「我在這份工作中學到的其中一件事就是，遇到有能力把你變成其他東西的對象時，最好謹言慎行。你知道的，我並非生來就是雪怪。」看著你幾乎脫臼的下巴，他笑了出來，「我只是開玩笑的，我打從出生起就是雪怪啦！不過還是要保持謹慎，多加小心。」

你緊緊跟在他身後，牢記著他的叮嚀。

「今晚生意不錯？」克勞斯問兩位女巫。

「對，生意非常好，我們現在需要好好休息一下。」火娜拉說。

就你目前為止所看到的，多數工作其實都是紫髮怪物在負責。

「我大概知道這是怎麼回事了。」克勞斯低頭看向正在休息的兩名女巫，「你們偷了怪物製造機，如此一

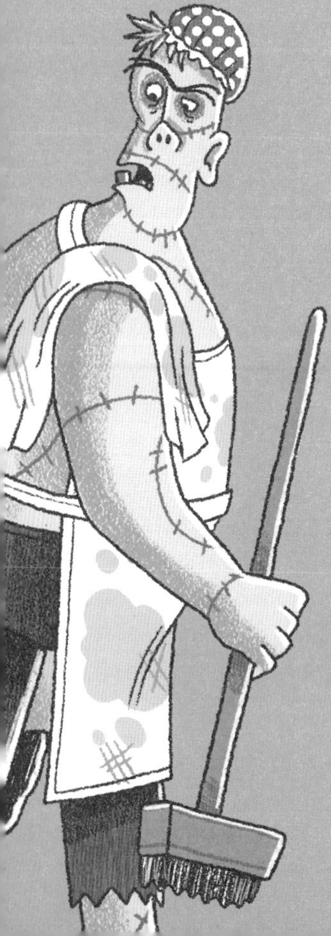

來就能製造出一名聽話的僕人來替你們工作，好讓你們躺在一旁偷懶。」

布莉姬說：「你膽子不小啊！我們才不是躺著偷懶。我們這輩子從沒有偷懶過，我們是勤奮工作的誠實女巫。」

火娜拉發出尖聲大笑，「我們向來誠實守信，一言九鼎。」

「哈，我們今天用的遠不只九個鼎呢！」布莉姬說：「嘿！包利斯，再幫我拿一碗熱騰騰的肉湯加冰塊，好嗎？」

「熱——湯——」怪物喃喃自語：「冰塊——」

「我跟你說過，我們不要把他取名為包利斯。」火娜拉說。

「包利斯是我祖父的名字。」

「我們是姐妹，我很清楚包利斯才不是祖父的名字。包利斯是西元一九三六年，你在卡薩布蘭卡甩掉的那位巫師。」

「啊！對喔！那個可愛的年輕小伙子。」布莉姬有些失落的說：「他後來怎麼了呀？」

「我記得最後你把他變成一隻鵜鶘了，不是嗎？」

「對喔！我們討論了彼此的未來，結果變成一場檢討大會。」布莉姬咯咯笑了起來，「你有聽懂嗎？大會、大喙？」

「我不覺得把人變成其他東西有什麼好笑的。」克勞斯說。

「你這個沒有幽默感的雪怪。」布莉姬嘖舌。

「索斯塔，你來做什麼？」火娜拉說。

「我們是來找殭殭的，不過你們那隻怪物的頭髮洩漏了祕密，我們已經知道你們用怪物製造機讓他活過來了。」

「我就告訴你要幫他染頭髮吧！」火娜拉說。

「你根本沒說過。」布莉姬反駁。

「好吧！我本來打算要說的。」火娜拉承認。

克勞斯輕推了你一下。你們已經找到罪魁禍首，只是事情是怎麼發生的？

「為什麼要用怪物製造機呢？你們明明可以用魔法讓包利斯——無論他叫什麼名字——活過來。」克勞斯問。

「你知道讓東西活過來有多困難嗎？」布莉姬尖聲抱怨。

「我當然不可能知道。」克勞斯沒好氣的說。

布莉姬說：「非常困難，那對女巫來說是最難施展的魔法之一。想讓東西活過來，首先必須念出許多咒語，接下來要不斷揮舞魔杖，最後還得進行攪拌。天啊！到底要攪拌幾次？」

「沒錯。」火娜拉附和：「使用怪物製造機輕鬆多了。」

「機器現在在哪裡呢？」克勞斯一邊問，一邊看向車門敞開的露營車。

怪物站在露營車旁。你看向他凹陷的雙眼，猜想著不知道他能聽懂多少。儘管他身形龐大，可是從年齡來說，他還只是個嬰兒。

「不——故——」怪物呻吟道。

「包利斯，你是個乖孩子。」布莉姬說。

「包——利——斯——」怪物學著說道。

「我們沒有要把他取名為包利斯！」火娜拉厲聲說完後，轉向克勞斯，「在我把你變成青蛙之前快滾吧！」

「青蛙？」布莉姬說：「老實說，你的想像力真的超級貧乏。為什麼不把他變成更有趣的東西？比如兩根腳趾的樹懶之類的。」

「我可不會那種咒語。」火娜拉說。

「那我可真是鬆了一口氣。接下來，麻煩你們把怪物製造機交出來。」克勞斯要求道。

「我們當然可以按你說的做。」火娜拉說：「或者你也可以先去找小丑談談。你不是想知道他是怎麼和這個案子扯上關係的嗎？」

雖然她是在對克勞斯說話，但不知道為什麼，她一直盯著你看。你確定怪物製造機就在露營車裡，不過又覺得她說的話似乎也有道理。殭殭和這個竊案有關嗎？又或者女巫剛剛使用了某種說服魔法，想要誤導你們去調查錯誤的方向呢？

？你要先去和殭殭談談嗎？
前往第140頁
不太「僵」的殭殭

？又或者你應該進去搜索女巫的露營車？
前往第187頁
露營車裡的幻象

露營車裡的幻象

高大的紫髮怪物擋住了露營車的門，他粗壯的手臂交疊在胸前，姿勢看起來十分不舒服。

「包利斯，讓開。」克勞斯說。

「我已經跟你說過了，我們沒有要把他取名為包利斯。」火娜拉說。

「包西爾？」布莉姬提議。

「為什麼你想的名字全都是包開頭啊？」火娜拉問。

「這麼說起來，我歷任男友的名字都是包開頭呢！」布莉姬回答。

「而且這些男人之中，有一半在分手後被你變成了包心菜。」火娜拉說完後哈哈大笑。

「包萊恩怎麼樣？」布莉姬說：「他看起來應該叫包萊恩。」

露營車突然大力晃動起來。

「不行，蘇珊不喜歡這個名字。」火娜拉說。

「包特茲？」布莉姬提議。

「喔！我喜歡這個名字，就叫他包特茲吧！」火娜拉說。

「包——特茲。」怪物跟著重複道。

「好了，我受夠了。」克勞斯把怪物推到一旁，闖進露營車裡。

「保持警戒。」他對你說：「這輛露營車以前是一位女巫，所以裡面的魔法很強烈，你可能會遇到一些怪事。」

你努力壓下心中的恐懼，跟著老闆走進車內。克勞斯的警告是對的，走進露營車的感覺就像誤闖別人的夢境。你的腳下繁星點點，上方長滿了青草。你覺得自己宛如昆蟲般渺小，又彷彿山脈般巨大。你站在懸崖邊，試著保持平衡，覺得腸胃一陣翻攪。你用力一跳，結果飛了起來，又降落到地面。如果克勞斯仍走在你身旁，他想必也會受到這種魔法影響。

你眨眨眼，忽然發現自己已經不在露營車裡。

你站在弗蘭肯芬博士的實驗室中央，看著一臺裝滿齒輪、長得像縫紉機的機器，機器的一根針上面纏著一條紫色頭髮——是怪物製造機！

門打開了，怪迪走進實驗室。他向前走，直直穿透你，好像你不存在一樣。被穿透的感覺令你惶恐，彷彿你是一個幽靈。你開始推理自己是什麼時候去世變成了幽靈，不過事實並非如此，你仍然活著——因為這是來自過去的景象。

你聽見修伊在遠處高聲喊道：「躲好了嗎？我來找你們了！」

怪迪鬼鬼祟祟的環顧四周，拿起怪物製造機，離開了實驗室。

「機器是怪迪拿走的。」克勞斯的聲音出現在你身旁。

你雖然看不到他，他想必也看到了同樣的景象。

場景轉換，你來到怪迪的臥室，怪物製造機也在這裡。

「我們躲在這裡吧！」葛恩多說著走進房裡。

「我們通常只要躲在彼此背後就好了。」葛諾莅說。

「好。那我們躲在彼此背後吧！」葛恩多說。

就在這個時候，葛諾莅一腳踢到了怪物製造機。她忍不住慘叫一聲，用雙手抱住腳，跌坐在地。

「啊哈！」修伊大喊一聲衝進房裡。

葛恩多和葛諾莅立刻開始往對方的背後躲，姐弟倆一路後退，撞上一個衣櫃，結果讓衣櫃上面的籃球掉了下來，還連續砸中他們兩個的頭。雖然東倒西歪的哥布林雙胞胎惹人發笑，但是修伊顯然對機器更感興趣。

「呃……修伊，你抓到我們了嗎？」葛恩多問。

「我也不是一定要抓到你們。」修伊回答。

「什麼意思？」葛諾莅問。

「我的意思是，如果你們願意幫我的忙，我可以等到遊戲的最後再找到你們。你們覺得怎麼樣？」

哥布林雙胞胎對看一眼。

「我們以前從沒在捉迷藏贏過。」葛恩多開口。

「我們從來沒在任何遊戲贏過。」葛諾菈補充。

「我們願意幫忙！」他們異口同聲的說。

「太好了！你們只要把這個機器包起來，離開時偷偷拿回地洞就行了。我晚點再繞去你們家，把機器帶走。」

「這是你的機器嗎？」葛恩多問。

修伊撒謊道：「當然，不要告訴其他人這件事喔！要遵守哥布林的承諾。」

「哥布林的承諾！」葛恩多的雙眼忽然閃閃發亮。

「我從來沒聽過哥布林的承諾。」葛諾菈滿臉狐疑。

「別管了。」修伊說：「我現在要去找其他人，你們去躲在舉辦派對的房間裡。」

他們全都離開，只有你留下。你看到怪物製造機接下來轉手的過程，哥布林雙胞胎把機器搬出門，放進哥布林家的卡車帶走。扁扁阿嬤光是要應付狂吐的雙胞胎就耗盡了心神，根本沒有注意到機器。

時間往後跳了一大段，夜晚在轉瞬間流逝。隔天修伊前往哥布林家，葛恩多和葛諾菈遵守承諾，讓修伊把機器帶走。

滿月升起，你看著修伊抱著怪物製造機敏捷的跳出窗戶，他的後方響起某人匆匆跑上樓梯的聲音。修伊拿著怪物製造機來到公園裡的一座小山丘，開始往上爬，爬到山丘頂端時，他已經澈底變成了狼人。你看著他笨手笨腳的把自己的毛髮織進怪物製造機，結果毛髮卡住了，他發出痛苦的嚎叫，接著飛快的跑下山丘，把怪物製造機留在了原地。

你知道修伊使用怪物製造機，是為了讓體內的狼活過來，如此他才能融入同學之

中。露營車裡的魔法使你感到暈頭轉向。

一會兒後，眼前的景象不再是修伊，怪物製造機又被帶走了。一雙死氣沉沉的眼睛潛伏在黑暗中偷看，接著一雙戴著紅色手套的手撿起了機器。喪屍小丑殭殭一路跟蹤修伊，現在換他拿走怪物製造機，搖搖擺擺的走下山，穿過街道，回到劇院的化妝間裡。

殭殭打開機器，眼淚從他哀傷的斑駁臉龐不斷滑落。

「我再也不是喪屍。」他喃喃自語：「我要變成活人，以後試鏡時再也沒有人會拒絕我。」

你以為這就是怪物製造機轉手的終點，然而這時提醒表演著上臺的鐘聲響起，殭殭離開化妝間，迎向稀稀落落的鼓掌聲。

眼前的景象再次瓦解，你聽見一個沙啞的聲音。你轉過頭，這是你在踏入露營車之後第一次看到老闆的臉。克勞斯手上拿著怪物製造機。

「你看，我找到了。」他說。

你正在猜想老闆有沒有看到相同的景象時，他便開口說道：「如果這些畫面都是真的，那麼機器一開始是怪迪偷的，接著被哥布林雙胞胎拿走，然後交到修伊手

蘇珊

上，之後又被殭殭帶走。我們已經知道女巫用機器讓怪物活過來，只是她們是怎麼拿到機器的？我從剛才的幻象推斷，她們應該是趁殭殭上臺表演時，偷偷溜進化妝間拿走了機器。」

你們走出露營車，女巫和怪物都不在外面。你聽到引擎發動的聲音，接著露營車往前駛去。

「再見啦！」布莉姬大喊。

「再也不見啦！」火娜拉附和。

「不見──啦──」怪物呻吟。

「嘿！」克勞斯大喊，而火娜拉已經抓住方向盤，並踩下油門。

「女巫都很狡猾。」克勞斯有點懊惱，但很快就重新振作，「總之，幸好我們已經找到機器了，待會趕緊把它還給博士，結束這個案子。不過，看來弗蘭肯芬對布蘭威爾．史托克的指控是錯的。根據剛才看到的幻象，布蘭威爾是少數沒有涉案的嫌疑犯。」

你的老闆把怪物製造機交給你，淡淡的說了一句：「做得好。」

克勞斯不是個會讚賞員工的老闆，所以你光從這句話就能了解，他對你的工作表現很滿意。引導調查和提出問題的或許是他，不過你們之所以能得出結論並解決案件，是因為你做的決定。你的嘴角微微上揚。

「我們該讓機器物歸原主了。」克勞斯說。

你完成了三種結局中的
其中一種。
前往第198頁
這就是結局？

這就是結局？

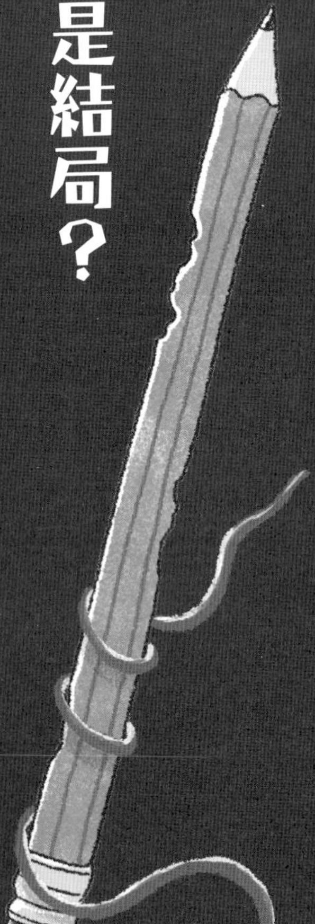

你們回到冷颼颼的辦公室，雖然筋疲力盡，卻也因為完成工作、破解謎團而感到放鬆。你拉開抽屜，把筆記本放進去。

你從口袋裡掏出鉛筆時，發現上面纏著一根紫色的頭髮。你把頭髮解開，兩隻手各抓著一端將它拉緊。

「你手上拿的是什麼？」克勞斯問。他坐在自己的辦公桌前，兩臺電風扇正直直吹著他毛茸茸的大腳。他扭動腳趾，享受令他神清氣爽的冷風。

你舉起那根紫色頭髮給他看。

「我知道你在想什麼。結束暗影區的調查後，我也經常陷入這種狀態，腦袋總會不自覺的反覆思考：假如我這麼做，會發生什麼事？」

在他說話的同時，你仔細端詳手上的紫色頭髮，小心翼翼的不讓它被你的鼻息吹走。

克勞斯說：「假如我們追蹤的是這個嫌疑犯，不是那個嫌疑犯呢？假如我們往另一個方向調查，會發生什麼事？我們還錯過了什麼線索？」

在他提出這些問題的同時，你手上的那根頭髮開始發光。一開始你以為只是錯覺，可是你拉得越用力，頭髮就變得越亮。你花了那麼多時間尋找怪物製造機，直到現在才發現這臺機器有多了不起。

不久之前，光是在心中想像有怪物製造機的存在，你都會忍不住覺得可笑。若不是你鼓起勇氣應徵了刊登在那份奇怪報紙上的工作，你可能至今都不會相信這種事。那些平凡的日子已經成為過去式，這段時間你所接觸到的人事物，大大開拓了你的眼界。

避風鎮暗影區的生活在不知不覺間變成了你的新日常。

「嘿！你有在聽我說話嗎？」克勞斯問。

你這才意識到自己正在神遊。不知道為什麼，這根紫色頭髮似乎能影響你的思緒。你猜想著，如果這根頭髮可以讓死去的生物活過來，或許你也可以藉由它回到過去，再次破解謎團。如果你做了不一樣的選擇，會不會有其他發現？你該回到哪個環節呢？回到案件一開始？還是回到你能改變調查方向的那一刻？

「真相是個難以捉摸的東西。」克勞斯站起身，從門邊的衣帽架上拿起帽子。

「看好了。」他說。

他向上拋起帽子，帽子從空中飛過，撞上衣帽架，直直滑落到地面。接著，他穿越辦公室，撿起帽子，走回桌子旁

邊再丟了一次。這次，帽子完美的落在衣帽架上。

「同樣的丟法，同樣的帽子，卻帶來不同的結果。你很難解釋這件事，對吧？我的建議是，不要花太多時間糾結結果。帽子完美落在衣帽架時，好好享受；帽子若掉到地上，也別太煩惱。」

你知道他說的其實不是帽子。你把紫色頭髮纏繞在手指上，頭髮正閃閃發亮。這根頭髮具有魔法，而拿著它的你也領悟到，案子可以不用在此刻結束。

你可以回到過去，你可以發現更多線索，你甚至可以得到不一樣的結論！

但是，你應該這麼做嗎？

？你想要回到案件一開始嗎？
前往第8頁

怒氣沖沖的委託人

？或者你想要回到異能學院的放學時間？
前往第91頁

放學時間

？又或者你想要就此結束，承接新的案件？
前往另一個故事：

《雪怪偵探社❷：時間小偷》

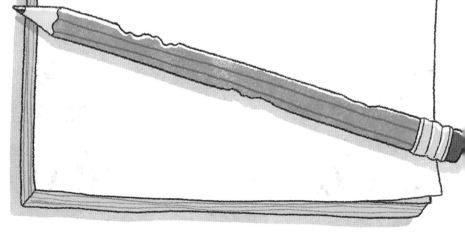

嫌疑犯檔案

姓名：法蘭克·F·弗蘭肯芬博士

種族：人類，與避風鎮暗影區的多數生物相比較為平凡，不過有著豐富的創造力。

年齡：52歲

其他資訊：熱愛「製造生命」的瘋狂科學家。雖然創造出兒子怪迪，卻似乎沒盡到父親的責任，整天只想著打造出另一個怪物「惡煞梅塔」和參與地方政治。與吸血鬼家族勢不兩立。

招牌名言：

- 你能借我「一臂」之力嗎？可以？太好了，方便的話，順便來一塊膝蓋骨吧！
- 它活過來了！太好啦！活過來……喔！不，我到底做了什麼好事？

姓名：蒙塔格・怪迪・弗蘭肯芬

種族：怪物，由弗蘭肯芬博士透過怪物製造機所創造，身體大多部位取自人類的屍塊。

年齡：9歲

其他資訊：渴望父愛，興趣是捉迷藏、騎腳踏車，以及用自己身上的縫線來縫紉。

招牌名言：

- 很明顯，我的眼睛來自我的祖父，我的腳趾則來自我的二表哥。
- 我問我爸能不能讓我長高三十公分，可是他說沒有多餘的腳給我用了。

姓名：修伊．嚎嚎

種族：狼人，平時外表與人類無異，只有在月圓之夜才會化身為凶暴的野獸。如果你被變身後的他咬傷，也會成為狼人。

年齡：11歲

其他資訊：由於平時外表普通又沒有特異功能，因此經常受到同儕嘲弄，為了融入群體，希望自己能變得不平凡。興趣是吃雞肉和追趕雞群。

招牌名言：

- 不，我不知道為什麼花園裡到處都是雞毛。
- 我昨晚過得不太好，不過我現在嚎——多了。

姓名：翠莎．嚎嚎

種族：狼人

年齡：43 歲

其他資訊：性格堅強，十分保護兒子，力氣不輸給男人，居住在人類社區，時時提醒自己保持低調。興趣是打獵和刺繡。

招牌名言：

- 不可能，我兒子和這些散落的雞毛沒有任何關係。
- 要不要來點生雞腿？

姓名：扁扁阿嬷

種族：哥布林，長著尖耳朵和鷹鉤鼻的生物，生活在陰暗的地洞，喜歡集體行動。

年齡：哥布林年齡763歲（約為人類76歲）

其他資訊：個性粗魯豪邁，喜歡摔角、惡作劇和織毛線。與雪怪相識多年。認為每年的夜間市長候選人都糟糕透頂。

招牌名言：

- 不，警官，我的哥布林孫兒絕不會把狗黏在牆上！
- 什麼意思？什麼叫做葛諾菈的手黏在狗身上了？

姓名：葛諾菈・扁扁（姐）和葛恩多・扁扁（弟）

種族：哥布林

年齡：哥布林年齡84歲（約為人類8歲半）

其他資訊：雙胞胎姐弟，扁扁阿嬤的孫子。姐姐比弟弟單純，容易把祕密說溜嘴。兩人的興趣是製造麻煩、跟動物玩和使用膠水。

招牌名言：

- 我剛剛說要和狗玩水才不是這個意思。
- 葛諾菈，別再摸那隻狗了！你的手上還有膠……算了，來不及了。

姓名：布蘭威爾．史托克

種族：吸血鬼，以吸食人類鮮血維生，最怕太陽、大蒜和十字架，可以隨時化身為蝙蝠，必須受到邀請才能進入他人家中。

年齡：256歲

其他資訊：熱衷參與地方政治，每年都會競選暗影區夜間市長一職，卻因為光頭而無法得到選民青睞。

招牌名言：

- 抱歉，我不能吃那道菜，我對大蒜過敏。
- 我最喜歡別人邀請我去他們家「嘗鮮」了。

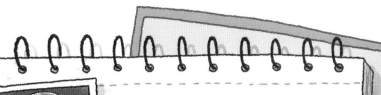

姓名：鮑比．史托克

種族：吸血鬼

年齡：11歲（其實已經11歲很久了）

其他資訊：怪迪的好朋友。經常取笑修伊的平凡外表，但這麼做似乎別有隱情。喜歡所有能讓蝙蝠參與的遊戲，不過多數時間都只是在四處閒晃。

招牌名言：

- 爸，我不想參加你們的滑翔翼集會，一直拍翅膀好累。
- 我沒有病懨懨，只是一腳踩進棺材而已。

姓名：火娜拉・米可鳥（姐）
和布莉姬・米可鳥（妹）

種族：女巫，會使用各種魔法，通常不安好心又尖酸刻薄，靠近她們時要特別謹慎。

年齡：沒人敢問

其他資訊：擅長熬煮魔藥、背誦咒語和下廚，經營一臺露營餐車「女巫的烤箱」，可是人手似乎不太夠。

招牌名言：

- 你就像是我昨天煮的那鍋藥水，我真希望你能快點滾。
- 你的「魔」樣長得很好，要不要來當我的「魔」特兒啊？

姓名：（有趣的）喪屍小丑殭殭

種族：喪屍，可以自由活動的屍體，外表慘淡灰白，主食是大腦。

年齡：107年前死亡時42歲

其他資訊：擅長表演雜耍，大腦對他來說只是會塞牙縫的肉渣。儘管本業是逗人發笑的小丑，卻因死後不得志而鬱鬱寡歡。

招牌名言：

- 我剛剛吃了一位小丑朋友，他的味道挺有趣的。
- 你是認真的嗎？這裡沒半個人有大腦？

姓名：拉娜．麥卡比

種族：幽靈，人死後無法或不願轉世的靈魂，通常呈現半透明、飄浮在空中的樣子，可以穿過任何物質，包括人體和其他生物。

年齡：9歲（不過她出生於西元1845年）

其他資訊：由於可以躲在牆壁裡，因此經常不小心發現別人的祕密。她的死似乎和弗蘭肯芬家族有關。

招牌名言：

- 有時候我覺得連我都看不清自己。
- 你「看透」我了。

文／**加雷思・P・瓊斯 (Gareth P. Jones)**

英國童書作家，與妻子和兩名孩子住在倫敦東南區。作品《康斯丁詛咒》（暫譯）曾獲得英國廣播公司（BBC）兒童讀物文學獎——藍彼得獎（Blue Peter Award），著有四十餘本童書，包括《猩蒂瑞拉：自信出擊！女力繪本》和《長耳兔公主：自信出擊！女力繪本》（步步），以及《桑斯威特遺產》、《死亡或是冰淇淋》、「龍偵探」系列、「忍者貓鼬」系列、「蒸氣龐克海盜探險」系列、「寵物守護者」系列（以上皆暫譯）等。加雷思時常造訪世界各地的學校，也經常在節慶中演奏鋼琴、小號、吉他、烏克麗麗和手風琴等樂器，不過演出偶爾會「凸搥」。

圖／**露易絲・佛修 (Louise Forshaw)**

英國畫家，與未婚夫和三隻吵鬧的傑克羅素㹴（萊拉、派伯和班迪特）住在新堡，時常被三隻狗「使喚」。露易絲至今繪製了五十餘本童書，包括《太空大探險：把書變成地球儀！》和《世界恐龍地圖：把書變成地球儀！》（風車），以及《好棒的萬聖節》、《好棒的寵物》和《好棒的蛋糕》（上人）等。她熱愛閱讀，也沉迷於所有以吸血鬼為主角的影集。

譯／**聞翊均**

臺南人，熱愛文字、動物和電影。現為自由譯者，擅長兒童文學、社會科學、金融經濟等領域。

聯絡信箱：andorawen@gmail.com

下集預告

老舊博物館的重要展品「時間海綿」離奇失竊，
參與特展發表會的館長、記者、教授和
異象警隊的警察們都有嫌疑，
甚至你的雪怪老闆克勞斯也被銬上手銬、鋃鐺入獄！
失去搭檔的你，
有辦法獨自穿梭在時光中解開謎團嗎？